中国历代友谊诗

故人情

辽宁人民出版社

刘文忠 选注

图书在版编目（CIP）数据

故人情：中国历代友谊诗 / 刘文忠选注 . 一 沈阳：
辽宁人民出版社，2018.10
　　（中国历代古诗类选丛书）
　　ISBN 978-7-205-09351-8

　　Ⅰ . ①故… Ⅱ . ①刘… Ⅲ . ①古典诗歌－诗集－中国
Ⅳ . ① I222

中国版本图书馆 CIP 数据核字 (2018) 第 162876 号

出版发行：辽宁人民出版社
　　　　　地址：沈阳市和平区十一纬路 25 号　邮编：110003
　　　　　电话：024-23284321（邮　购）　024-23284324（发行部）
　　　　　传真：024-23284191（发行部）　024-23284304（办公室）
　　　　　http://www.lnpph.com.cn
印　　刷：辽宁新华印务有限公司
幅面尺寸：145mm×210mm
印　　张：8
字　　数：200 千字
出版时间：2018 年 10 月第 1 版
印刷时间：2018 年 10 月第 1 次印刷
责任编辑：盖新亮
装帧设计：丁末末
责任校对：刘宝华
书　　号：ISBN 978-7-205-09351-8

定　　价：39.80 元

清　王一鹏　溪山会友图轴　局部

清　袁耀　浔阳饯别图轴

明　钱谷　蕉亭会棋图轴

清　邹喆　山阁谈诗图轴

我们中华民族有许多优良的传统，重视友谊是优良的传统之一。历代诗人创作了不少歌颂友谊的名篇佳作，"海内存知己，天涯若比邻"，成了家喻户晓、脍炙人口、千古传诵的名句，这不是偶然的现象。

从先秦的典籍中，我们可以看到人们对于友谊是十分重视的。孔老夫子说过："有朋自远方来，不亦乐乎"，"久要不忘平生之言"，"四海之内皆兄弟也"。曾子一日"三省吾身"，其中之一，就是反省"与朋友交而不信乎"，足见他十分重视朋友之间的信用。封建社会的人际关系，浸透了封建宗法社会的等级观念，"三纲五常"的封建说教。本质上是为封建统治服务的。但唯独在"五伦"之一的朋友关系上，不提倡等级。君臣、父子、夫妇、兄弟之间都不能平等，唯独朋友之间可以平等相处。朋友之道，尽管不可避免地要打上封建时代的烙印，但却与其他领域有所不同。

我国历史上有不少友谊的佳话，也有不少歌颂友谊的诗篇。如春秋时代管仲与鲍叔牙的友谊、钟子期与俞伯牙高山流水遇知音的故事等，都是千古传颂的佳话。我国的第一部诗歌总集《诗经》，就有《伐木》《鹿鸣》等专门歌咏友谊的乐章，其后歌颂友谊的诗篇，彬彬之盛，大备于时，以至不可胜数。它成为诗歌的一个门类，多以"赠答诗""别诗"的形式出现在诗国之中。我们所选注的这百余篇，不过是九牛一毛。

我国古代的友谊诗，在形式上随着诗歌的发展而发展，在内容上又是无比丰富的。有不少诗篇，如考其背景，都有生动感人的故事。曹丕在《典论·论文》中说："文人相轻，自古而然。"这种现象诚然存在，但是也应当承认，在历史上确有不少文人，他们是亲密无间的朋友，他们没有丝毫的文人相轻的陋习，而在"文人相亲"方面都堪称表率。盛唐时代的两位大诗人李白与杜甫，他们的友谊是人所共知的，李白流放夜郎后，杜甫写了许多诗篇为李白鸣不平，一直关心李白的命运："不见李生久，佯狂真可哀。世人皆欲杀，吾意独怜才。"

柳宗元与刘禹锡的友谊也是感人至深的。永贞革新失败后，他们同被贬，十年被召回之后，不到一个月再次遭贬。柳宗元因考虑到刘禹锡有位八十多岁的老母需要随任，被贬的地方又是生活艰苦的边远"恶州"，他主动要求与刘禹锡对换贬所，自己到最艰苦的地方去。在奔赴贬所之时，他们一路同行至衡阳，临别依依，不胜伤情，留下了真挚的诗篇。数年之后，刘禹锡扶母枢路过衡阳时，听到了柳宗元不幸逝世的噩耗，悲痛欲绝，马上停母枢为柳宗元办理后事，其后又亲自为柳宗元编辑文集，并收养了柳宗元的一个儿子。他们的友谊，真可谓生死不渝。

元稹与白居易的友谊，也是有口皆碑的。元稹收到老朋友白居易的书信后，曾这样描写当时的情状："远信入门先有泪，妻惊女哭问何如？寻常不省曾如此，应是江州司马书。"（《得乐天书》)他们不但一生是好朋友,甚至希望"直到他生亦相觅",即幻想来生仍然做朋友。白居易因母丧居渭村,贫病交加,元稹此时虽被贬江陵,景况不佳,仍时常分俸帮助白居易,济其困乏,白居易对友人的情谊终生铭感不忘,曾自言平生之梦,一半以上是为元稹而生,这也可见两人交情的深厚了。

凡此种种,不胜枚举,或临别依依,或别后相思,或生死与共,或患难相扶,发为吟咏,无不感人。

有些诗篇还涉及诗人与劳动人民之间的友谊,他们之间有的地位悬殊。如宋代的王安石在高邮发现了一个穷苦书生王令,对于这位"食无田、居无庐"的青年,王安石一见之下引为知己,并把自己的妻妹嫁给他。王令一不应举,二不做官,布衣终身,年仅二十八岁因贫病死于常州。王安石怀着极为悲痛的心情,写了《思王逢原三首》,并亲自为其写墓志铭。苏轼在黄州也交了不少朋友,其中多是市井小人物。清代的贵介公子纳兰性德,专爱结交穷知识分子,有不少年纪比他大三十多岁,成为忘年之交。这说明不少诗人已经摆脱了势利名位的束缚而能以道义交友。

我国古代交友是讲原则的,"方以类聚,物以群分";"同声相应,同气相求"。《世说新语·德行门》记载着这样一个故事:"(管宁、华歆)尝同席读书,有乘轩冕过门者,宁读如故,歆废书出看。宁割席分坐,曰:'子非吾友也。'"后世因称与朋友绝交曰"割席",割席并不是与朋友交而不终,而是要求所交的朋友要意气相投。在我国古代的诗歌遗产中,有大量的友谊诗,也有为数不多的"绝交诗",如朱穆的《与刘宗伯绝交诗》即其一例,朱、刘订交之时,刘宗伯地位尚低,后来刘宗伯做了品秩二千石的高官,朱穆仍为郎官,成为刘的下级，刘却摆起架子来，朱穆遂作《绝交诗》一首，与刘绝交。嵇康写过《与山巨源绝交书》，孔稚圭写过《北山移文》，这都是绝交的文字，由此可见古人的交友、择友是有原则的。至于卖身求荣之辈，富贵易交之徒，向来是为人们所不齿的。

古人的交友很重视友道，重道义之交，君子之交淡如水，对于朋比为奸的人，人们往往嗤之以鼻。朋友之间，不仅仅是相亲相近，而应能互相帮助、互相劝勉。唐代诗人王建的《求友》诗，开头便提出了朋友的重要性："鉴形须明镜，疗疾须良医。若无旁人见，形疾安自知。"他以形象的比喻说明人要认识自己，要了解自己的毛病，离开朋友是不行的。在诗中，他一方面提倡"生死不相离"的正直之交，鄙薄名利之交；同时又主张朋友之间除了互相信任之外，还要"重劝勉""贵相规"，即互相之间进行批评，通过批评去掉各自的毛病。"不求立名声，所贵去瑕疵"，这种认识是难能可贵的。

在长期的封建社会里，一直讲究男女之大防，"男女授受不亲"，不允许有异性朋友，友谊诗多是同性朋友之间的赠答，只有特殊身份的女性，如歌儿舞女、扫眉才子、女校书之类，方可与男性有些交往，而且她们与男性的交往，又往往被怀疑有暧昧之情，不承认他们之间的友谊。直到现代，仍有人认为男女之间没有纯粹的友谊，这种认识并不正确。以历史上著名的女校书薛涛而论，她和当时的许多文人有过交往，她是一位才华横溢的女诗人，又有正义感，曾得到许多文人的倾慕，彼此也曾有诗歌赠答，彼此对离情别绪的表达是健康的、真挚的，为什么不可以算作男女之间的友谊诗呢？基于这种认识，本书适当选注了几首反映男女之间友谊的诗篇。

有些友谊诗，作者与他的朋友是在共同的理想、共同的事业中结成的战斗友谊。如陆游的《夜归偶怀故人独孤景略》、文天祥的《呈小村》。生活在明末清初的一些遗民诗人，如顾炎武与归庄、吴嘉纪与王太丹等，他们都有共同的理想，参加过结社活动，彼此都以气节相尚，同命运，共呼吸。诗中歌颂了他们的战斗情谊，不但感人至深，而且有较高的思想境界。特别值得一提的是近代女权运动者，女诗人秋瑾，为革命事业，她和许多有志之士结成了患难与共、生死相扶的朋友，如她与徐自华、徐小淑的友谊，完全是革命的友谊，这是最为崇高的友谊。友谊的力量是巨大的，它可以鼓舞人们去战斗，为着美好的明天而奋斗和献身。

这是一本普及性的读物，在选目上我们力图发掘一些优秀的友谊诗，我们力求注释通俗、简明，并注意科学性和趣味性的结合，凡有本事可考的友谊诗，力求把背景和本事注明。对艺术上有特色的友谊诗，做一点简单的鉴赏。因此书涉及的范围上下数千年、诗人七八十家，有些诗的系年、背景及诗中涉及到的人物生平，有的还不太了然，错误和不当之处，敬请广大读者指正。

刘文忠

壺觴山林本各異

典謨雅頌用所長

清　张廷济　行楷书七言联

朝是人心此地閒風光相称

水雲氣於浮山湖看能相遇

梅華待笑顏

立春日酬友過訪湖上

查士標

伐　木 [1]

[先秦]

《诗经》

伐木丁丁 [2]，鸟鸣嘤嘤 [3]。

出自幽谷 [4]，迁于乔木 [5]。

嘤其鸣矣 [6]，求其友声 [7]。

相彼鸟矣，犹求友声 [8]；

矧伊人矣，不求友生 [9]？

神之听之，终和且平 [10]。

伐木许许 [11]，酾酒有藇 [12]，

既有肥羜 [13]，以速诸父 [14]。

宁适不来？微我弗顾 [15]！

於粲洒扫 [16]，陈馈八簋 [17]。

即有肥牡 [18]，以速诸舅 [19]。

宁适不来，微我有咎 [20]。

伐木于阪[21]，酾酒有衍[22]。

笾豆有践[23]，兄弟无远[24]。

民之失德[25]，乾糇以愆。

有酒湑我，无酒酤我[26]。

坎坎鼓我，蹲蹲舞我[27]。

迨我暇矣，饮此湑矣[28]。

注释

1　《伐木》是《诗经·小雅》中的一篇宴亲友的乐歌。全诗
　　分三章，第一章以鸟鸣求友说明人的生活中不能没有朋友。
　　第二章写主人殷勤地备酒肴、打扫好卫生，等候嘉宾的到来。
　　第三章写宴会上的醉饱歌舞之乐，并约定后会之期。诗中用"伐
　　木""鸟鸣"等比兴，使这首小雅中的诗篇颇具民歌风味。

2　丁丁（zhēng）：伐木声。

3　嘤嘤：鸟鸣声。

4　出自幽谷：此句言鸟从深谷飞出。幽：深的意思。

5　迁于乔木：此句言鸟飞到高处，寻求伴侣。迁：上升。乔：高。

6　嘤其鸣矣：嘤本为鸟鸣声，此处代指鸟。

7　友声：此鸟之伴侣，用其同声相应之意。

8 "相彼鸟矣"二句：相：看。彼：那个，作指示代词用。这二句说：看看那鸣叫的鸟啊，它们还寻求伴侣。

9 "矧伊人矣"二句：矧（shěn）：况且。伊：那个，作指示代词。这二句说：何况人呢？怎能不交朋友？

10 "神之"二句：言人们友爱相处，神灵听到也会给人以和平之福。

11 许许（hǔ）：削木皮之声。

12 酾酒有藇：酾（shāi），以竹筐漉酒，去其酒糟。藇（xù），指酒味甘美。此句说漉过的酒很美味。

13 羜（zhù）：五个月的羔羊。

14 以速诸父：以此邀请本族的各位长辈。

15 "宁适"二句：适：犹言凑巧。微：无。顾：照顾周到。二句说：宁使他适巧有事不来，而不要使我因照顾不周而失礼。

16 於粲洒扫：於（wū）：叹词。粲：鲜明的样子。此句言：啊！屋子打扫得多么干净漂亮呀！

17 陈馈八簋：陈：陈列。馈：本指为人进食，此指菜肴。簋：古代祭祀时盛黍稷的器皿，多内方外圆。八簋，言其盛多。

18 牡：指雄性的羔羊。

19 诸舅：指异性长辈。

20 咎：过错。

21 阪：山坡。

22 酾酒有衍：衍：繁多。此句说酾过的酒非常多。

23 笾（biān）：竹制的盛食物的器皿；豆：木制的盛食物的器皿；都是供宴享或祭祀时所用。践：陈列。此句言宴席上陈列着许多笾豆。

24 兄弟：指同辈亲友。无远：不要同我疏远见外。

25 "民之失德"二句：失德：失于朋友之谊。干糇（hóu）：本指干粮，此指粗薄的食品。愆：过失。二句说：人们往往因在饮食细故上犯了过错，以致失去了朋友之谊。

26 "有酒湑我"二句：湑（xǔ）：漉酒使清；我：语末助词。酤：买酒或卖酒都叫酤，此指买酒。二句是说：有酒就漉着喝，无酒就去买来喝。

27 "坎坎鼓我"二句：坎坎：击鼓声。蹲蹲：跳舞的样子。二句是说：击起鼓来吧，跳起舞来吧。

28 "迨我暇矣"二句：迨：同待。暇：空闲时。湑：清酒。二句是说：等我们有闲暇的时候，再来此饮酒。二句为再约后会之词。

| 延伸阅读 |

木瓜

［先秦］《诗经》

投我以木瓜，报之以琼琚。匪报也，永以为好也！

投我以木桃，报之以琼瑶。匪报也，永以为好也！

投我以木李，报之以琼玖。匪报也，永以为好也！

徐人歌 [1]

[周]

无名氏

延陵季子兮不忘故 [2],

脱千金之剑兮带丘墓 [3]。

注释
---

1 据刘向《新序·节士》记载：吴国延陵季子带着宝剑出使晋国，路过徐国（古诸侯国，故址在今安徽省泗县）时，徐君看到延陵季子的宝剑，在表情上流露出想要这个宝剑的意思。季子也心领神会，内心已将宝剑暗许徐君。只因他要出使大国，需佩带宝剑，所以没把宝剑马上献给徐君。当季子出使晋国返回途中准备将宝剑献给徐君时，徐君已经去世了。他只好把宝剑挂在徐君坟墓上而去。徐国人便编了这首歌谣来赞美季子对徐君的深厚友情。

2 延陵季子：春秋时吴国公子季札，又称公子札，他是吴王梦寿的小儿子，因封于延陵（今江苏省常州市武进区），所以称为延陵季子。曾于吴王余祭四年（前544）出使鲁国，观乐（演奏《诗经》）于鲁国，后又游历齐、郑、晋等国，是有政治远见的贤公子。兮：语气词，相当于现代汉语的"啊"。

故：故旧，老朋友。

3 脱：解下。带：用带子挂上。丘墓：坟墓。

｜延伸阅读｜

周颂·天作

［周］无名氏

天作高山，大王荒之。彼作矣，文王康之。

彼徂矣，岐有夷之行。子孙保之。

与苏武诗三首(选二首)

[汉]

李 陵

其一 [1]

良时不再至 [2],离别在须臾 [3]。

屏营衢路侧 [4],执手野踟蹰 [5]。

仰视浮云驰,奄忽互相逾 [6]。

风波一失所 [7],各在天一隅 [8]。

长当从此别,且复立斯须 [9]。

欲因晨风发,送子以贱躯 [10]。

其二 [11]

携手上河梁 [12],游子暮何之 [13]。

徘徊蹊路侧,恨恨不得辞 [14]。

行人难久留,各言长相思 [15]。

安知非日月,弦望自有时 [16]。

努力崇明德,皓首以为期 [17]。

1　此诗最早见于萧统《文选》，题作李少卿（李陵）《与苏武诗》，选录三首，此为第一首。从南朝宋的颜延之开始，历代学者多怀疑苏武、李陵赠答诗系后人伪托。从五言诗的发展规律看，西汉还不可能有这样成熟的五言诗，它与东汉末年产生的古诗风格相近，显系伪作。虽被怀疑为伪诗，但不失为优秀的抒情诗，在历史上影响颇大。本篇写送别，感情深厚真挚，语言朴素自然。沈德潜在《古诗源》中称此诗"一片化机，不关人力"，颇为中肯。

2　良时：指在一起的美好时刻。

3　须臾（yú）：一会儿，片刻。

4　屏营：彷徨。衢路侧：大路旁。衢，四通八达的大道。

5　踟蹰：徘徊不前。此句言与友人手拉手地在田野中徘徊。

6　"仰视"二句：奄忽：忽然。逾：超越。二句是说：抬头看到天边的浮云在飘动，一忽儿原来在一起的白云便你追我赶，风流云散，彼此天各一方了。

7　风波：因风而波荡，指浮云被风吹动。失所：离开原来的所在。

8　隅：角落。

9　"长当"二句：言从此将要长久分别，现在我们姑且再在一起停留一会儿吧。斯须：一会儿。

10　"欲因"二句：因：依，托。晨风：即鹯，形状象鹞鹰，飞得很快。发：起飞。贱躯：对自身的谦称，犹言卑贱的身体。二句意谓：我愿托附在晨风鸟的翅膀上，亲自送你远去。

11 此诗为《文选》所选李少卿（陵）《与苏武诗》三首之二，描写了与友人临别依依的感情。诗中以日月相望，喻与朋友分别后彼此天各一方的相思之情。本来此别是永无会期的，诗中却云弦望有时，并以彼此各崇尚明德相勉，表现出一片缠绵悱恻之情。

12 河梁：桥。

13 "游子"句：言天涯漂泊的游子在日暮之时将向何处而去？游子指苏武，也兼指送行者李陵，因彼此都漂泊于异乡。

14 悢悢（liàng）：惆怅。辞：分别。以上两句是说：他们在路边徘徊跚蹰，心中无限惆怅而无法分手。

15 "行人"二句：行人指苏武。两句意谓将要远行的人归心似箭是留不住的，只好彼此各道"永远思念"便分手了。

16 "安知"二句：弦：半个月亮称弦，有上弦、下弦之分，因半圆形的月亮像张弓弛弦故名。望：满月，指农历十五日的月亮。诗词中常以月亮的圆缺比喻人的离合。两句是说：怎能知道我们不像日月那样，虽然一在东、一在西，但还可遥遥相望啊！

17 "努力"二句：崇：崇尚。明德：完美的德行。皓首：白首，喻年老。期：此指约定的时日：即白首之年。这两句是说：让我们彼此用心培养完美的品德，在终老之年再见吧！

苏武诗四首（选一首）¹

［汉］

苏　武

骨肉缘枝叶²，结交亦相因³。

四海皆兄弟，谁为行路人⁴？

况我连枝树，与子同一身⁵。

昔为鸳与鸯，今为参与辰⁶。

昔者常相近，邈若胡与秦⁷。

惟念当乖离，恩情日以新⁸。

鹿鸣思野草，可以喻嘉宾⁹。

我有一樽酒，欲以赠远人¹⁰。

愿子留斟酌，慰此平生亲¹¹。

1　此诗最早见于《文选》，题作苏武作，《文选》选四首，此为第一首，与李陵赠苏武诗一样，都是后人伪托之作。诗中指出，结交之情同于骨肉之亲。此诗用今昔对比手法，将昔日之相亲相近与今后的"乖离"作对比描写，来表现朋友之间相聚之乐和分离之苦，最后以赠酒与友人饯行，作为彼此友谊的慰藉。

2　骨肉：指兄弟。缘：因。枝叶：喻兄弟枝叶相依、同生于一树。此句说：骨肉之亲的兄弟本是一棵树上的枝叶，应相依为命。

3　结交：指朋友。这句是说朋友之间也像骨肉兄弟一样，彼此相因相依。

4　"四海"二句：言四海之内的人都是朋友，谁也不是外人。"四海皆兄弟"语出《论语·颜渊》："死生有命，富贵在天。君子敬而无失，与人恭而有礼，四海之内皆兄弟也。"

5　"况我"二句：连枝树：枝叶相连之树，也可称为"连理枝"，喻关系之密切，如白居易《长恨歌》："在天愿为比翼鸟，在地愿为连理枝。"同一身：同出于一身。此处的"身"指树干。两句是说：何况我们本是相连的枝叶，同生于一棵树上呢。

6　"昔为"二句：参与辰：即参星与辰星（商星），参辰二星，分在东方、西方，出没各不相见。比喻双方隔绝。此两句意思是说：过去我们像鸳鸯鸟一样，止则相偶，飞则成双，如今我们像参辰二星，一东一西，各不相见。

7　"昔者"二句：邈：远。胡与秦：比喻相距之远。胡指西北边远之地，此处指李陵所居的汉代匈奴之地。秦指以长安为中心的关中一带，苏武将回长安，一留胡地，一归长安，相距很远，故作此比。

8 "惟念"二句：乖离：分离。两句意谓唯独想到我们将要分别了，我们的恩爱之情才应与日俱增。

9 "鹿鸣"二句：《诗经·小雅·鹿鸣》："呦呦鹿鸣，食野之苹，我有嘉宾，鼓瑟吹笙。"这是一首宴嘉宾的诗，前两句以鹿得野草呦呦鸣叫相呼，喻人之有嘉宾当以诚相待，鼓瑟吹笙地欢迎。这里借用《鹿鸣》的诗句，表示对友人的一片深情。

10 樽（zūn）：古代的盛酒器皿。远人：远行之人，这里指被送的朋友。

11 斟酌：酌酒以供饮。平生亲：平生的亲爱者，此指朋友。

赠五官中郎将诗（选一首）[1]

[魏]

刘　桢

余婴沉痼疾[2]，窜身清漳滨[3]。

自夏涉玄冬[4]，弥旷十余旬[5]。

常恐游岱宗[6]，不复见故人。

所亲一何笃[7]，步趾慰我身[8]。

清谈同日夕[9]，情眄叙忧勤[10]。

便复为别辞[11]，游车归西邻[12]。

素叶随风起[13]，广路扬埃尘[14]。

逝者如流水[15]，哀此遂离分。

追问何时会？要我以阳春[16]。

望慕结不解[17]，贻尔新诗文[18]。

勉哉修令德[19]，北面自宠珍[20]。

1　此诗选自《文选》卷二十三，本为四首，这是其中的第二首。诗题中的五官中郎将指曹丕，他在建安十六年（211）被封为五官中郎将。作者刘桢（？—217），字公干，东平（今山东省东平县）人，"建安七子"之一，曹丕曾称赞他的诗"妙绝时人"。此诗据陆侃如先生《中古文学系年》考证，约作于建安二十一年（216），此时作者刘桢已患病百余日，他担心一病不起，不能再见到故人曹丕。曹丕去探望病中的刘桢，两人情亲依依，刘桢十分感动，在曹丕辞别作者回邺下之时，刘桢写下了这首诗。

2　婴：缠绕。此处把婴疾中间加二字拆开，婴疾，即为疾病所困，指患病。沉痼：积久难治的疾病。

3　窜身：逃身，隐身，自轻的说法。清漳：水名，即漳河的上游，源出山西平定县南大黾谷。

4　涉：及，到。玄冬：指冬天。

5　弥旷：岁月空度。旬：十日为一旬。

6　游岱宗：喻死亡。《文选》李善注引《援神契》说："太山，天帝孙也，主召人魂。"岱宗即泰山。

7　所亲：指友人曹丕。笃：深厚。此句言朋友对我的感情是多么深厚啊。

8　步趾：亲步足趾。此句言曹丕亲自劳动大驾到我这里来慰问我。

9　清谈：亦称清言或玄言，是魏晋时的一种风气，多以老、庄哲学为旨归，崇尚虚无，高谈名理，或品议人物。这是当时朋友相聚时的谈资。

10　情盼：以真心相顾盼。《文选》吕济注说："情相顾盼，叙述忧恤勤劳也。"

11　别辞：即辞别。

12　西邻：《文选》李善注说："西邻，邺都。"

13　素叶：指冬天枯落之树叶。

14　广路：大道。

15　逝者如流水：言时光流逝之快。此用《论语·子罕》："子在川上曰，逝者如斯夫，不舍昼夜"的典故。

16　阳春：温暖的春天。此句言约我以来年的春天再相会。

17　望慕：思念仰慕之情。结不解：喻相思之情郁结而不可排解。

18　贻：赠。尔：你，指曹丕。新诗文：指作者所写的《赠五官中郎将诗》。

19　令德：美好的名德。《左传》说："忠为令德。"

20　北面：古时以南面为君位，北面为臣位，此为作者自指。
宠珍：珍爱，保重。

送应氏诗（选一首）[1]

[魏]

曹　植

清时难屡得，嘉会不可常[2]。

天地无终极，人命若朝霜[3]。

愿得展嬿婉[4]，我友之朔方[5]。

亲昵并集送[6]，置酒此河阳[7]。

中馈岂独薄，宾饮不尽觞[8]。

爱至望苦深[9]，岂不愧中肠[10]。

山川阻且远，别促会日长[11]。

愿为比翼鸟，施翮起高翔[12]。

1　这是曹植送应玚、应璩兄弟的诗，共两首，此为第二首。此诗写于建安十六年（211），这一年曹植被封为平原侯，应玚被任命为平原侯庶子。曹植随曹操西征马超，路过洛阳，在洛阳送别应氏兄弟，表现了朋友之间的惜别之情。从"爱至望苦深，岂不愧中肠"两句诗看，应氏可能此时有求于曹植，曹植因无能为力，爱莫能助，深感对不起朋友，所以不能不自愧。曹植（192—232）字子建，沛国谯（今安徽省亳州市）人，是建安时代文学成就最高的诗人。

2　清时：清平之时，太平盛世。嘉会：此指与朋友相聚的美好时光。

3　"天地"二句：言天地是永恒的，而人的寿命像早晨的霜露一样，是短促的。

4　嬿婉：欢乐、美好的样子。

5　朔方：北方。应玚《侍五官中郎将建章台集》有"往春翔北土"之句，这是应氏去过北方的佐证。

6　亲昵：亲近的人。此句言亲近的人都乐为应氏送行。

7　河阳：水北曰阳，洛阳在黄河南，洛水北，河阳之河，当指洛水。

8　中馈：此指饯行的酒肴食物。这两句是说难道我办的酒菜还不够丰富吗？为什么客人不肯痛饮呢？

9　"爱至"句：相爱至极因而期望也就特别深。

10　"岂不"句：难道我心中不感到惭愧吗？此句指辜负了朋友的期望，不能有求必应。

11　"山川"二句：言分手之后，彼此为山川所阻隔，路远山遥，如此匆匆分别，不知何时相会。

12　"愿为"二句：言我们愿意成为比翼而飞的鸟儿，一起展翅飞翔。翮（hé）：羽茎。

|延伸阅读|

杂诗七首·其四

［魏］曹　植

南国有佳人，容华若桃李。

朝游江北岸，夕宿潇湘沚。

时俗薄朱颜，谁为发皓齿？

俯仰岁将暮，荣耀难久恃。

野田黄雀行 ¹

[魏]

曹植

高树多悲风，海水扬其波 ²。

利剑不在掌，结友何须多 ³？

不见篱间雀，见鹞自投罗 ⁴。

罗家得雀喜，少年见雀悲 ⁵。

拔剑捎罗网 ⁶，黄雀得飞飞。

飞飞摩苍天 ⁷，来下谢少年 ⁸。

———
注释
———

1　这是一首乐府诗，属相和歌辞瑟调曲，是曹植为其好友丁仪而作。据《魏略》记载：丁仪与曹植亲善，曾赞助曹植竞立太子。曹丕被立为太子后，欲治丁仪之罪，先调任丁仪为右刺奸掾，欲仪自裁。后又借故系狱杀之。丁仪被囚后，曹植因无力营救好友而十分悲痛，故幻想出现一位有权力的人（诗中的少年）来救友人出狱，表现出对友人命运的关切与同情，全诗多用比兴手法来表现，这是因为曹植受曹丕的猜忌和打击，有话不敢直说。

2 高树：象征曹丕政权。悲风：象征曹丕的冷酷。海水：喻群臣。扬其波：喻推波助澜，扩大迫害面。

3 "利剑"二句：利剑喻权力。两句言权力不在手中，何必多交朋友呢？言外之意是无权不能保护朋友。

4 "不见"二句：篱间雀：喻弱小者，指丁仪。鹞：鹰鹞，猛禽，喻指曹丕。

5 罗家：布罗之人，指迫害丁仪的势力。少年，曹植期望中的援救者。

6 捎：拂掠，芟除。罗网：喻法律。

7 摩：迫近。此句言雀脱险后的自由与快乐。

8 来下：向下，往下。此句表示对援救者的感激。

拟古九首（选一首）¹

拟古九首（选一首）[1]

［晋］

陶渊明

荣荣窗下兰，密密堂前柳[2]。

初与君别时，不谓行当久[3]。

出门万里客，中道逢嘉友。

未言心先醉，不在接杯酒。

兰枯柳亦衰，遂令此言负[4]。

多谢诸少年，相知不忠厚[5]。

意气倾人命，离隔复何有[6]。

注释

1　《拟古九首》是陶渊明模拟古诗所写的一组杂诗，约写于宋武帝永初元年（420）前后，这是一首论友道的诗，作者批判了与朋友交而不终、相知不忠厚的现象。也可能实有所指。

2　窗下兰：喻本人才德。堂前柳：陶渊明宅前有五柳树，号称"五柳先生"，此引以起兴，也有自喻之意。

3 "不谓"句：未说出行要很长的时间。

4 "兰枯"二句：兰枯、柳衰，喻指自己地位下降。此言：指初别之言。负：辜负，指食言，不守信用。

5 "多谢"二句：谢，谢绝。诸少年负其前言，就是"相知不忠厚"，因此谢绝之。

6 "意气"二句：意气：指意气相投。倾人命：指牺牲性命。两句意谓如果朋友之间意气相投，彼此为朋友牺牲性命也在所不辞，离别有什么困难呢？

| 延伸阅读 |

拟古九首（之二）

[晋]陶渊明

辞家夙严驾，当往至无终。

问君今何行？非商复非戎。

闻有田子泰，节义为士雄。

斯人久已死，乡里习其风。

生有高世名，既没传无穷。

不学狂驰子，直在百年中。

移居二首（选一首）¹

［晋］

陶渊明

昔欲居南村²，非为卜其宅³。

闻多素心人⁴，乐与数晨夕⁵。

怀此颇有年，今日从兹役⁶。

敝庐何必广，取足蔽床席⁷。

邻曲时时来⁸，抗言谈在昔⁹。

奇文共欣赏，疑义相与析¹⁰。

———

注释

———

1　陶渊明在义熙四年（408）隐居浔阳（今九江）郊区的上京时，家中发生一次大火，义熙七年（411）移居南村，此诗即写于此年，此首为《移居二首》的第一首，写与良友谈学论艺之乐。陶渊明（365—427），一名潜，字元亮，号靖节，别号五柳先生，浔阳柴桑（今江西省九江市西南）人，他是东晋的著名诗人，曾做过几次小官，后辞官归隐，过了二十年的田园生活，是我国第一个田园诗人。

2　南村：在浔阳城边。此句言早就想居住在南村。

3　卜其宅：即卜宅，用占卜的方式选择住宅，求一个吉宅或风水之地。此句言移居的目的并非为了选择一块吉宅。

4　素心人：心地朴素的人。指作者的好友殷景仁、颜延之等，此时他们都住在南村。

5　数晨夕：朝夕相处。数：计算。

6　兹役：役指移居的事务。此句言今日实现了移居的心愿。

7　"弊庐"二句：简陋的屋宇不必求大，能足以遮盖床位就可以了。

8　邻曲：邻居。

9　抗言：对面交谈。在昔：古时。

10　"奇文"二句：言奇妙之文与朋友共同欣赏，遇有疑问互相分析、磋商。

庐陵王墓下作[1]

[南朝·宋]

谢灵运

晓月发云阳[2]，落日次朱方[3]。

含凄泛广川[4]，洒泪眺连冈[5]。

眷言怀君子[6]，沉痛结中肠[7]。

道消结愤懑[8]，运开申悲凉[9]。

神期恒若在，德音初不忘[10]。

徂谢易永久[11]，松柏森已行[12]。

延州协心许[13]，楚老惜兰芳[14]。

解剑竟何及[15]，抚坟徒自伤[16]。

平生疑若人[17]，通蔽互相妨[18]。

理感深情恸[19]，定非识所将[20]。

脆促良可哀[21]，夭枉特兼常[22]。

一随往化灭，安用空名扬[23]。

举声泣已洒[24]，长叹不成章[25]。

1 　这是谢灵运经过京口（今江苏省镇江市）庐陵王刘义真的墓地时，为悼念好友刘义真而作。刘义真是宋武帝刘裕的次子，永初元年（420）封庐陵王，他是谢灵运在政治上依附的对象，刘义真对谢灵运也十分敬重。彼此过从甚密，很快形成一个政治上的小集团，这个小集团以刘义真为首，谢灵运、颜延之等是其中的主要成员。刘义真为争夺王位继承权同他的兄弟进行斗争，最后刘义真失败了。景平二年（424）正月，他被废为庶子，徙居新安郡（今新安江流域），同年六月被徐羡之等遣使至徙所杀害，谢灵运等也因此受到猜忌和打击。元嘉三年（426），刘义真的死得到昭雪，但此时刘义真墓上的松柏已森然成行了。谢灵运怀着沉痛的心情和满腔的悲愤，写下了这首诗。

2 　云阳：地名，即今江苏省丹阳市。

3 　次：止宿。朱方：古地名，三国时已改名丹徒，即今江苏省镇江市，是刘宋宗室的葬地。

4 　泛广川：广川指长江。此句言含着凄惨悲哀的心情泛舟驶于广阔的江面上。

5 　连冈：泛指连绵不断的平矮小山丘。

6 　眷言：眷恋，言：语末助词。君子：指庐陵王刘义真。

7 　结：郁结。中肠：内心。

8 　道消：语出《易·否卦》象辞："内小人而外君子，小人道长君子道消也。"意思是说亲小人而远君子，则小人得势而正派的君子必然吃不开。谢灵运用此典喻正派的君子刘义真被害，为坏人的势力压倒。

9　运开：指元嘉三年，刘义真被杀事得到平反昭雪；兼指宋文帝拨乱反正，开太平之运。申：抒发。悲凉：悲哀愁苦之情。

10　"神期"二句：神期：神之居所。德音：指死者的生平行事和音容笑貌。两句意谓：您的灵魂将在天国永远存在，您的音容笑貌我也永远不能忘怀。

11　徂谢："徂"有往意，"谢"有去意，徂谢即指死亡。

12　"松柏"句：言墓旁松柏已森然成行。

13　"延州"句：此用延陵季子的典故。季札封于延陵（今江苏省常州市武进区），此处以其封地代指其名。"协心许"，指季札出使晋国路过徐国时，徐君看到季札的宝剑，极为喜爱，想要而未说出口。季札已经心许，准备完成使命后再赠徐君。可是他终使命而归时，徐君已经死了。季札在徐君的墓树上，挂剑而去。

14　"楚老"句：《文选》李善注引《徐州先贤传》说："楚老者，彭城（今江苏省徐州市）之隐人也。""惜兰芳"，用汉代龚胜事：龚胜，字君宾，彭城人，因不愿做篡汉自立的王莽的官，绝食而死。有一位同乡老者（即诗中的楚老）来吊丧，边哭边说："嗟乎！薰以香自烧，膏以明自销，龚生竟夭天年，非吾徒也。"吊罢而去，大家都不知他是谁。

15　解剑：指季札事。此句言解剑已经晚了，追悔来不及了。

16　抚坟：指楚老吊龚胜事。

17　若人：指季札与楚老。

18　通蔽：指季札、楚老的识见而言。通，即识见的通达。蔽，指他们对事情没看破，有所蒙蔽。互相妨：互相矛盾。

19　"理感"句：言现在已经懂得，一个人在深情的感动下，自己的行为不是理智所能控制的。

20　识所将：识见所及。

21　脆促：脆弱短促，指人的短命夭亡而言。

22　夭枉：夭折与冤枉，指刘义真被害而死。特兼常：特别不同于一般人。

23　"一随"二句：言人已死了，任凭他随着自然而化灭，赠官封王又有什么用处？空名扬：指元嘉三年追赠刘义真为侍中、大将军等事。

24　举声：引声、放声。泣：眼泪。

25　"长叹"句：言难过得连诗也写不成篇了。

|延伸阅读|

岁　暮

[南朝·宋] 谢灵运

殷忧不能寐，苦此夜难颓。

明月照积雪，朔风劲且哀。

运往无淹物，年逝觉已催。

赠傅都曹别 [1]

[南朝·宋]

鲍 照

轻鸿戏江潭 [2]，孤雁集洲沚 [3]。

邂逅两相亲 [4]，缘念共无已 [5]。

风雨好东西 [6]，一隔顿万里 [7]。

追忆栖宿时 [8]，声容满心耳 [9]。

落日川渚寒，愁云绕天起 [10]。

短翮不能翔 [11]，徘徊烟雾里 [12]。

———

注释

———

1　这是鲍照（约414—466）写给友人傅都曹的一首赠别诗。
前四句追念前日与友人邂逅相亲，偶聚契合。中四句写分别
在即的想念之情，末四句设想分别后的孤独及相见之难，全
诗用比体，纯以鸿雁为比。"非相思真者，不知其佳。"（王
闿运语）傅都曹，姓名和事迹不详。

2　轻鸿：大雁，雁之大者叫鸿，比傅都曹。小者叫雁，自比。

戏：游戏。江潭：江水之边。

3　洲沚：水中的陆地和小洲。

4　邂逅：不期而遇。两相亲：以轻鸿与孤雁的相亲，比喻诗人与傅都曹的相亲相爱。

5　缘念：因因相生的思念之情。本为佛家语，此处借以用来形容朋友之间的相互思念，刹那不停，永无休止。

6　"风雨"句：言遭风雨而东西分飞。好字读去声，此句语本《尚书·洪范》"星有好风，星有好雨。"《伪孔传》说："箕星好风，毕星好雨。"箕星在东方，毕星在西方，故演为"风雨好东西"。

7　一隔：一分手，一分别。顿：忽然。

8　栖宿：《禽经》："凡禽，林曰栖，水曰宿。"因此诗通篇用比，故以禽鸟的栖宿为喻。

9　声容：声音笑貌。满心耳：充满心中耳际。

10　川渚：水中小洲。"落日"两句形容分别后的愁苦之状。

11　短翮：犹言翅膀短，喻己，乃自谦之词。

12　"徘徊"句：表现不能追寻友人而去的惆怅。

赠范晔[1]

[南朝·宋]

陆 凯

折花逢驿使[2]，寄与陇头人[3]。

江南无所有，聊寄一枝春[4]。

注释

1　这首诗的作者，有人认为是三国时吴国的陆凯，而怀疑诗中的范晔不是《后汉书》的作者范晔，因二人一为三国人，一为宋人，不同时代。逯钦立辑校的《先秦汉魏晋南北朝诗》将此诗编入宋诗卷四中，陆凯应为南朝宋人，字智君，代（今河北省蔚县东）人。谨重好学，以忠厚见称。曾做正平太守，在郡七年，号称良吏。此诗的出处，见《太平御览》卷九百七十所引《荆州记》。陆凯与范晔是好友，两人一处江南，一居长安，山川阻隔，常怀思念之情。冬日正巧有传递公文的驿吏去长安，陆凯便折了一枝梅花，托驿吏携往长安赠范晔，并写了这首寄赠诗。后来"驿寄梅花"成了一个典故，文人常用此典表达对远方友人的思念之情。如宋秦观《踏莎行》词："驿寄梅花，鱼传尺素，砌成此恨无重数。"舒亶《虞美人·寄

公度》词："故人早晚上高台，赠我江南春色、一枝梅。"

2 驿使：古代投递公文，转运官物及供来往官员休息的机构叫驿站，驿站中传递文书的人称为驿使。

3 陇头人：此指身在长安的范晔。陇头指陕西的陇山或陇关。据《三秦记》载：陇坂十分曲折，上有清水四注，称为"陇头水"。因长安属三秦之地，地近陇头，故把身居长安的人说成陇头人。

4 一枝春：此指一枝梅花，因梅花是报春的花，又为了押韵，故将一枝梅称作"一枝春"。

| 延伸阅读 |

虞美人·寄公度

[宋]舒　亶

芙蓉落尽天涵水。日暮沧波起。背飞双燕贴云寒。独向小楼东畔、倚阑看。

浮生只合尊前老。雪满长安道。故人早晚上高台。赠我江南春色、一枝梅。

新亭渚别范零陵云诗 [1]

[南朝·齐]

谢 朓

洞庭张乐地 [2]，潇湘帝子游 [3]。

云去苍梧野 [4]，水还江汉流 [5]。

停骖我怅望 [6]，辍棹子夷犹 [7]。

广平听方藉 [8]，茂陵将见求 [9]。

心事俱已矣，江上徒离忧 [10]。

注释

---

1 这是谢朓送别范云的诗，他们的分别处在新亭（今南京市南），此时范云为零陵郡（治所在今湖南省零陵县北）内史，故称"范零陵"。

2 洞庭，即洞庭山，又名君山，在洞庭湖中。张乐：演奏音乐。传说黄帝在此演奏《咸池》之乐。

3 潇湘：二水名，湘水至零陵县西与潇水合流，称潇湘。帝子：指帝尧的二女娥皇、女英，二人乃舜之二妃，舜死之后，哀舜之不返，死于湘水。因范云去零陵要经过洞庭、潇湘，故起首两句引入湖南的地名和传说。

4　苍梧：山名，即九嶷山，传说帝舜死于苍梧之野。此句象喻自己的心已随友人而去。

5　"水还"句：零陵的江河水流入长江汉水经南京而东流入海，故说"水还江汉流"，象喻友人对自己的思念，以"云去""水还"表现二人的感情交流过程。

6　停骖：即停车。古时用四马驾车，两旁的马叫骖，在左边的叫左骖，在右边的叫右骖。

7　辍棹：犹言停船。棹：划船用的桨。夷犹：犹豫，徘徊不前。以上两句言一去一留，临别依依不舍。

8　"广平"句：用晋广平太守郑袤故事。"（郑）袤在广平，以德化为先，善作条教，郡中爱之。征拜侍中，百姓恋慕，涕泣路隅。"（《晋书》卷四十四《郑袤传》）听方藉：将要听到藉甚的名声。此句喻范云去零陵将会政绩卓著，为百姓爱戴。

9　"茂陵"句：用司马相如的典故。据《汉书·司马相如传》载：司马相如晚年病居茂陵，武帝派人往求其书，及至，已卒。此句言自己将如司马相如那样谢病家居，欲以遗文见求于友人范云。

10　"心事"二句：心事：心中所想之事。离忧：遭忧。此两句是说：我的功名之事已经无法实现了，面对长江水我只有悲伤了。

怀故人诗 [1]

[南朝·齐]

谢 朓

芳洲有杜若 [2]，可以赠佳期 [3]。

望望忽超远，何由见所思 [4]。

行行未千里，山川已间之 [5]。

离居方岁月，故人不在兹 [6]。

清风动帘夜，孤月照窗时 [7]。

安得同携手，酌酒赋新诗 [8]。

注释

1　这首诗抒发了怀念朋友的诚挚感情。在芳草之洲，抒情主人公采集了一束香花，准备在与朋友重新会面时赠给朋友，但现在却无法相见。在清风动帘之夜，孤月照窗之时，他感到"离居"的孤独，在无可奈何的情况下，他虚拟出与朋友携手同游，在一起饮酒赋诗的许多赏心乐事，从而把思念朋友之情推向高潮。

2 芳洲：长满芳草杂花的洲甸。杜若：香草名，又名杜蘅、杜莲、山姜，叶广披作针形，味辛香。首句化用屈原《九歌·湘君》诗句："采芳洲兮杜若，将以遗兮下女。"

3 佳期：指与朋友重新会面的日子。

4 超远：遥远、特别远。所思：指友人。

5 "行行"二句："行行"，一作"我行"。此两句说，我想追寻朋友至远方，但走了近千里路，山川把我阻隔了。如将"行行"句解作指友人行程，亦可通。

6 "离居"二句：方岁月：正当此岁此月。这两句言：离别有年，可时至今日故人还未来这里。

7 "清风"二句：以清风动帘，孤月窥窗，使人倍增怀念友人的感情。两句为借景言情。

8 "安得"二句：安得：何能。这两句设想与故人相会后的欢乐。

离　夜[1]

[南朝·齐]

谢　朓

玉绳隐高树[2]，斜汉耿层台[3]。

离堂华烛尽[4]，别幌清琴哀[5]。

翻潮尚知恨[6]，客思眇难裁[7]。

山川不可尽[8]，况乃故人杯[9]。

———

注释

———

1　这首诗抒写朋友之间在送别之夜的眷恋之情。

2　玉绳：星名，即玉衡（北斗第五星）北二星。隐：隐没。

3　斜汉：倾斜的银河。耿：明亮。层台：高台。以上两句是
说夜已深了。

4　离堂：与下文的"别幌"相对成文，为突出离别的气氛，
故称厅堂叫"离堂"，称帷帐叫"别幌"。华烛：明烛。

5　幌：帷幔。清琴：凄清的琴声。以上两句说：夜深告别
的时候，堂上明烛将灭，只有帷幔中清幽的琴声，听之更增
离别之悲哀。

6　翻潮：海潮。潮水有去有回，故说它好像知道离别之恨。

7　客思：远客他乡的愁思。眇：迷蒙深远。裁：节制。

8　"山川"句：山川代指旅途，此句言旅途遥远漫长，使人增添惜别情绪。

9　"况乃"句："故人杯"指酒宴上朋友举杯劝饮。此句言：故人频频劝饮，更增加了分别在即的眷恋。

|延伸阅读|

晓出净慈寺送林子方

［宋］杨万里

毕竟西湖六月中，风光不与四时同。

接天莲叶无穷碧，映日荷花别样红。

送沈记室夜别 [1]

[南朝·梁]

范 云

桂水澄夜氛 [2]，楚山清晓云 [3]。

秋风两乡怨 [4]，秋月千里分 [5]。

寒枝宁共采 [6]，霜猿行独闻 [7]。

扪萝正忆我 [8]，折桂方思君 [9]。

注释

1　这是范云（451—503）为赠沈约（441—513）远行而作。
沈约曾数次为记室，故称"沈记室"。范云在南朝齐时曾做
过零陵（今湖南省永州市零陵区）内史，从诗中的"桂水""楚
山"等山水名称看，似应写于零陵。沈约与范云是多年的相知。

2　桂水：源出湖南省蓝山县南，向东北流入湘江。澄：澄清。
夜氛：夜气。

3　楚山：泛指湖南一带楚地的山峦。此句是说楚山上空朝云
清淡。

4　两乡：各处异乡。一指范云所在，一指沈约的去处。

5 千里分：在千里之外的异乡分别。这两句说在秋风萧瑟、秋月高照的时候，知心的朋友将在千里之外的异乡分别，面对秋风秋月，倍感离别的惆怅。

6 寒枝：秋夜中的树枝。宁：哪能。寒枝不能共采，喻两人即将分别。

7 霜猿：霜天的猿啼声。此句言霜天的啼猿远行者将要独自听到。此句隐用郦道元《水经注·江水》的意境："每至晴初霜旦，林寒涧肃，常有高猿长啸，属引凄异，空谷传响，哀转久绝。"

8 扪萝：抚萝。萝即松萝。这句设想分手后沈约在远方正抚萝思念自己。

9 折桂：折取桂枝。方：正。此句用折桂寄托自己对沈约的思念。

赠张徐州稷 [1]

[南朝·梁]

范 云

田家樵采去，薄暮方来归 [2]。

还闻稚子说，有客款柴扉 [3]。

傧从皆珠玳，裘马悉轻肥 [4]。

轩盖照墟落，传瑞生光辉 [5]。

疑是徐方牧，既是复疑非 [6]。

思旧昔言有，此道今已微 [7]。

物情弃疵贱，何独顾衡闱 [8]？

恨不具鸡黍，得与故人挥 [9]。

怀情徒草草，泪下空霏霏 [10]。

寄书云间雁，为我西北飞 [11]。

1　这是范云为答谢张稷在自己被罢官乡居时车马相访，不以贫贱易交而作的一首诗。诗中对张稷重旧日的友谊，不讲势利等高贵品质进行了赞扬。范云在齐代曾因被人告发而入狱罢官，后被赦免。张稷字公乔，吴郡人，在齐代曾为辅国将军，都督北徐州诸军事、北徐州刺史。《本传》说他"性烈亮，善与人交……俸禄皆颁之亲故，家无余财。"（《梁书·张稷传》）从此诗可见，《梁书》所言非虚美也。

2　田家：农夫，作者自指，因此时作者已被免官。薄暮：傍晚。此二句是说自己白天外出打柴，傍晚方回家，以明张稷来访不遇的原因。

3　"还闻"二句：有客：指张稷。款：扣，敲。柴扉：荆柴做成的门。此二句言回家后听小儿说有客人叩门来访。

4　"傧从"二句：傧从（zòng）：跟随的人。珠玑：珠玉玳瑁。指傧从佩戴之珠玉。此二句言张稷的仪仗，以宾形主，写其冠戴珠玉、肥马轻裘的雍容华贵。

5　"轩盖"二句：轩盖：车盖。墟落：村落、村庄。传：传车，即驿中车马。瑞：符节信物。此两句写张稷车马仪仗之盛，足使荒村寒舍生辉。

6　"疑是"二句：方牧：方伯，一方的地方长官。两句言：我怀疑是徐州张刺史驾到，但又半信半疑。

7　"思旧"二句：言不忘旧交者古人常有之，但今天这样的人少了。

8　"物情"二句：疵：过失。衡闱：衡门，横木为门，言其简陋。此二句说：世俗的人情物理都是弃贫远贱，为什么唯独您肯下顾我这柴门荆扉？

9 "恨不"二句：具鸡黍：用东汉范式、张元伯事。《文选》李善注引谢承《后汉书》云："山阳范式字巨卿，与汝南张元伯为友。春别京师，以秋为期。至九月十五日，杀鸡作黍。二亲笑曰：'山阳去此几千里，何必至？'元伯曰：'巨卿信士，不失期者。'言未绝而巨卿至。"挥：挥杯而饮酒。

10 "怀情"二句：草草：劳心的样子。霏霏：纷飞的样子，此指泪花纷飞。

11 "寄书"二句：托云间之雁致书于友人，飞到友人所在的西北方。此时范云居住之地可能在徐州的东南。

| 延伸阅读 |

别诗二首（选一首）

[南朝·梁] 范 云

洛阳城东西，长作经时别。

昔去雪如花，今来花似雪。

出郡传舍哭范仆射（选一首）¹

［南朝·梁］

任　昉

与子别几辰，经途不盈旬²。

弗睹朱颜改，徒想平生人³。

宁知安歌日，非君撤瑟晨⁴。

已矣余何叹，辍舂哀国均⁵。

注释

1　这是任昉为悼念范云而写的一首诗。冯惟讷《诗纪》和张玉谷《古诗赏析》把它作为独立的一首诗，逯钦立认为是一首诗中的三章之一，何者为是，一时尚难确定，姑从冯、张之说。范云卒官尚书右仆射，故称范仆射。传舍即客舍。据《梁书·范云传》载，范云卒于天监二年（503），时年五十三。此诗写于此年。

2　"与子"二句：言与范云分别没有几天，任昉出郡路过这里还不到十日，范云便去世了。此哀范云死之意外。

3　"弗睹"二句：朱颜改：指衰老。两句是说没有看到范云朱颜之改他已死去，我现在只有想见他的平生为人了。

4 "宁知"二句：安歌：安然歌乐之日。撤瑟：指有疾病。《仪礼》："有疾病者，齐撤琴瑟。"此两句言：哪里知道我在安然歌乐之日，正是您的重病之时呢。

5 辍舂：典出《礼记·曲礼》"邻有丧，舂不相"，今人认为"舂不相"，即舂而不歌。诗中的"辍舂"当是停止舂米，系《礼记》典的活用。国均：秉国之均，语出《诗经·小雅·节南山》："尹氏太师，……秉国之均。"指有权位的大臣，因范云为尚书右仆射，故云。

|延伸阅读|

贤者之孝二百四十首·任昉

［宋］林 同

哲常嗜羊枣，遥亦重槟榔。

参于不忍食，昉宁能独尝。

临高台 [1]

［南朝·梁］

沈　约

高台不可望，望远使人愁。

连山无断绝，河水复悠悠 [2]。

所思竟何在？洛阳南陌头 [3]。

可望不可见，何用解人忧 [4]。

———
注释
———

1　本篇写登台远望时怀念所思的感情，所思之人当为作者的好友。此诗语言明白晓畅，颇有民歌的风味。

2　"连山"二句：写远望情景，只见山峦连绵，河水悠悠，隐含不见所思，使人生愁之意。悠悠：形容河水长流不断。

3　"所思"二句：点出所思之人的所在。

4　何用：何以。此二句写不见友人的惆怅。

别范安成¹

[南朝·梁]

沈 约

生平少年日，分手易前期²。

及尔同衰暮³，非复别离时⁴。

勿言一樽酒，明日难重持⁵。

梦中不识路，何以慰相思⁶？

注释

1　这是一首赠别友人的抒情诗，倾诉暮年离别的哀伤，惜别樽之重持难得，悲梦远之莫慰相思。诗只空写离怀，而两人交谊，已溢于言表，感情真挚，气清骨重。范安成即范岫，字懋宾，他是沈约的朋友，南齐时曾为安成内史，故称范安成。

2　"生平"二句：易：容易。前期：别前所定后会之期。此二句言少年时代分手时，总感到后会有期，把别后重逢看作一件易事。

3　"及尔"句：我和你如今都衰老而至暮年了。

4　"非复"句：不再是少年分别时那样容易了。

5　"勿言"二句：言不要说眼前这一杯酒不算什么，分手之后再次共同举杯的机会是难得的。

6　"梦中"二句：言我虽梦见你但却不知你在何处，用什么来安慰我们的相思之情呢？结尾两句对后世诗词表现梦中相思颇有影响。如岑参《春梦》、晏几道《蝶恋花》都是用梦魂行路追寻相思者的佳例。

|延伸阅读|

春　梦

[唐]岑　参

洞房昨夜春风起，故人尚隔湘江水。

枕上片时春梦中，行尽江南数千里。

赠吴均（选一首）¹

[南朝·梁]

柳 恽

寒云晦沧洲²，奔潮溢南浦³。

相思白露亭，永望秋风渚⁴。

心知别路长，谁谓若燕楚⁵？

关候日辽绝⁶，如何附行旅⁷？

愿作野飞鸟，飘然自轻举⁸。

注释

1　柳恽（465—517）与吴均（469—519）是一对好朋友，柳恽在出任吴兴（今浙江省湖州市吴兴区）太守时，两人常有诗歌互相赠答，后来柳恽离开吴兴到外地任职，写了《赠吴均》三首表达惜别之情，这里选的是第一首，写白露亭送别。

2　晦：暗。沧洲：泛指江边水涯。

3　奔潮：奔腾的江潮。溢：涌出。南浦：泛指江边。送别诗文常用，如"送美人兮南浦"（《楚辞》）；"送君南浦，伤如之何"（江淹《别赋》）。

4　永望：久望，远望。秋风渚：秋风萧瑟秋色笼罩的洲渚。

5　燕楚：燕国在今河北一带，楚国在今湖南、湖北一带，燕楚代表距离辽远。以上两句说别路之长，胜过燕楚相距之远。

6　关候：当作"关堠"，为边塞探望敌情的土堡。辽绝：辽远。

7　附：依附。行旅：指远行之人，代指吴均。这二句是说：你将去遥远的边地，我怎能伴随你作此长途旅行。

8　"愿作"二句：言我愿变作一只飞鸟，追随着友人轻快地展翅飞翔。

|延伸阅读|

江南曲

[南朝·梁] 柳　恽

汀洲采白蘋，日落江南春。

洞庭有归客，潇湘逢故人。

故人何不返，春华复应晚。

不道新知乐，只言行路远。

答柳恽 [1]

[南朝·梁]

吴 均

清晨发陇西 [2]，日暮飞狐谷 [3]。

秋月照层岭 [4]，寒风扫高木 [5]。

雾露夜侵衣 [6]，关山晓催轴 [7]。

君去欲何之 [8]？参差间原陆 [9]。

一见终无缘 [10]，怀悲空满目 [11]。

———

注释

———

1　这首诗是对柳恽《赠吴均》诗的答赠，诗人设想到西北边
关之后，将饱经北方关山风霜雾露的侵染，思友人而无缘相见，
使人徒然悲伤。

2　陇西：郡名，治所在今甘肃省陇县西。

3　飞狐谷：关隘名，在今河北省涞源县北，跨蔚县界。陇西
与飞狐谷，泛指西北关山，不一定是实指。

4　层岭：重叠起伏的层层山峦。

5　高木：高树。

6　侵衣：侵湿衣衫。

7　催轴：催行。轴动则车行，车行则催人上路。

8　何之：何处去。之作动词用。

9　参差：高低不齐的样子。间：分隔。原陆：平田。

10　缘：缘分。

11　满目：指满眼秋色。以上两句是说：眼前不见友人，只见满眼秋色，使人更加伤情。

|延伸阅读|

山中杂诗

［南朝·梁］吴　均

山际见来烟，竹中窥落日。

鸟向檐上飞，云从窗里出。

发湘州赠亲故别（选一首）[1]

［南朝·梁］

吴　均

君留朱门里[2]，我至广江濆[3]。

城高望犹见，风多听不闻[4]。

流蘋方绕绕[5]，荷叶尚纷纷。

无由得共赏[6]，山川间白云[7]。

———
注释
———

1　这首诗是作者吴均离开湘江（今湖南长沙）后为赠别亲友于途中所作，此诗一共三首，此为第三首。诗中抒发了对亲友的眷恋之情，通过景物描写，寄寓自己离开亲故后的孤独与怅惘。

2　君：指题目中的亲故。朱门：用朱红色涂饰的大门，常代豪贵之家，此指亲友所居。

3　广江濆：大江边。濆（fēn）：水边。

4　"城高"二句：写作者踏上征途后，回首望湘州，因城高而依稀可见，但城中的一切声音（包括亲友临别的赠言与祝语）

因风大而听不到了。

5　蘋：水中植物，生浅水中，叶有长柄，柄端有四片小叶呈田字形，也叫"田字草"。夏秋开小白花，又称"白蘋"。绕绕：委曲缠绕的样子。

6　"无由"句：言途中之景无法与友人共同欣赏。

7　"山川"句：言山川之上有白云在飘荡。这是以景结情，寄托自己漂泊无定之感。

| 延伸阅读 |

赠王桂阳

[南朝·梁] 吴 均

松生数寸时，遂为草所没。

未见笼云心，谁知负霜骨。

弱干可摧残，纤茎易陵忽。

何当数千尺，为君覆明月。

与苏九德别 [1]

[南朝·梁]

何　逊

宿昔梦颜色，咫尺思言宴 [2]。

何况杳来期，各在天一面 [3]？

踟蹰暂举酒，倏忽不相见 [4]。

春草似青袍，秋月如团扇 [5]。

三五出重云，当知我忆君 [6]。

萋萋若被径，怀抱不相闻 [7]。

注释

1　这是何逊（？—约518）与友人苏九德分别时所写的一首诗。诗中以暂别犹宿昔梦见之，以衬托远离之苦。其中"春草似青袍，秋月如团扇"两句，是为人传诵的名句，写别后相思，颇为奇特。

2　"宿昔"二句：宿昔：犹言早晚，喻时间之短。此二句是说：以前分别时间很短、分别距离极近时还经常梦见您，虽相隔咫尺，还想着在一起聚会一下。

3 "何况"二句：杳来期：杳即远。来期即归期，相会之期。杳来期即远离别。以上言近别犹梦，何况远别之后，彼此天各一方呢！

4 踟蹰：徘徊不前。这两句言迟迟举杯的原因是怕忽然分手。

5 "春草"二句：张玉谷释此两句说："因即眼中所见青袍团扇，指其形似春草秋月，以为记忆。"（《古诗赏析》卷二十）意即我今后看到春草就像看到你今日穿的袍子，看到秋月就会想到你今天手中持的团扇。

6 "三五"二句：三五即每月的十五。出重云：指月亮从重云之端露出脸来。此二句是说：见到十五的月亮，便应知道我此时正在想念您。

7 "萋萋"二句：萋萋：春草之色，代指青草。若被径：如果铺满路径。怀抱：内心所想。此二句是说：当您看到萋萋的青草铺满路径之时，不用说，就可知我在想念您了。

寄王琳 [1]

[北朝·北周]

庾 信

玉关道路远 [2]，金陵信使疏 [3]。

独下千行泪，开君万里书 [4]。

注释

1　此诗写于庾信的后期，即由南入北之后。王琳，字子珩，会稽山阴人，少好武，因平侯景之乱有功，被梁元帝封为元帅。他是梁室的忠臣，陈代梁自立之后，王琳在荆州立永嘉王萧庄为帝，与陈对抗，后兵败被杀。庾信入北之后，由于南北朝对立，很难得到金陵来的消息，现在一旦读到万里之外故人王琳的书信，不仅深感昔日彼此的友谊可贵，而且尤感故人始终忠于梁室，而自己却屈身仕北，不禁百感交集，以至热泪纵横。

2　玉关：玉门关，在今甘肃省敦煌市西，此处借指庾信寄寓的长安。此句喻己身留长安，如远戍玉关，离故都金陵和南朝友人有万里之遥。

3　金陵：即南京，当时为梁朝的旧都。信使：送信的使者。

此句言从南朝来的使者很少。

4　"独下"二句：言打开友人万里以外传来的书信，不觉泪流千行。

｜延伸阅读｜

重别周尚书

［北朝·北周］庾　信

阳关万里道，不见一人归。

惟有河边雁，秋来南向飞。

送别诗[1]

［隋］

无名氏

杨柳青青着地垂[2]，杨花漫漫搅天飞[3]。

杨柳折尽花飞尽[4]，借问行人归不归[5]？

注释

---

1 此首选自逯钦立辑校《先秦汉魏晋南北朝诗·隋诗卷八》。题解引崔琼《东虚记》云："此诗作于大业末年，实指炀帝巡游无度，缙绅瘁恍已甚，下逮闾阎。而佞人曲士，播弄威福，欺君上以取荣贵，上二句尽之。又谓民财穷窘，至是方有'五子之歌'之忧，而望其返国也。"此说有些牵强附会，不可信，诗题既作《送别诗》，我们当还其本来面目，而把它当作送别诗看待。此诗以杨柳起兴，末句见意，送别诗即预询归期，分别时的情意缠绵，全在设问一句中。

2 着地垂：柳枝下垂拂地。

3 搅天飞：上下翻滚，漫天乱飞。

4 杨柳折尽：古代以折柳表示送别。

5 行人：指念中人。

送杜少府之任蜀川[1]

[唐]

王 勃

城阙辅三秦[2]，风烟望五津[3]。

与君离别意，同是宦游人[4]。

海内存知己，天涯若比邻[5]。

无为在歧路，儿女共沾巾[6]。

注释

1　这是一首送别诗，当时作者王勃在长安供职，他的友人杜某外放到蜀州（治所在今四川省崇州市）任少府（即县尉），在友人赴任离京之时，临别依依，诗人写下了这首感情真挚的送别诗。其中"海内存知己，天涯若比邻"两句，是千古传诵的歌颂友谊的名句。

2　城阙：指长安。城即城郭。阙即宫阙，为宫门前的望楼，又称魏阙。辅三秦：以三秦为辅。辅：护持。三秦：秦亡后，项羽三分关中，分封秦的降将章邯等，咸阳以西分封给雍王章邯；咸阳以东至河分封给塞王司马欣。上郡（陕西省北部）

分封给翟王董翳，号称三秦。此句写长安的形胜，并点出分别地点。

3　五津：四川岷江一段的五个渡口，即白华津、万里津、江首津、涉头津、江南津。此处用五津指代蜀地山川。此句言遥望友人将去的蜀州，只觉风烟杳渺。

4　"与君"二句：意谓彼此在分别时互相依恋，离别之意相同，但所以分别，又是为做官而奔走，这一点也是相同的。

5　"海内"二句：言四海之内如有知心朋友存在，虽彼此相隔万水千山，但心是连在一起的，如同近在咫尺。

6　"无为"二句：无为：不要。歧路：分别之处。二句意谓在我们临分别的时候，不要像小儿女一样，让眼泪沾湿了我们的襟袖。

|延伸阅读|

蜀中九日

［唐］王　勃

九月九日望乡台，他席他乡送客杯。

人情已厌南中苦，鸿雁那从北地来。

望月怀远 [1]

［唐］

张九龄

海上生明月，天涯共此时 [2]。

情人怨遥夜，竟夕起相思 [3]。

灭烛怜光满，披衣觉露滋 [4]。

不堪盈手赠，还寝梦佳期 [5]。

———

注释

———

1　此诗写月夜怀人，开头两句气象阔大，是历来传颂的名句。"灭烛"两句写尽彻夜相思之情。"不堪"二句，推陈出新，构思出奇。张九龄（678—740），字子寿，韶州曲江（今广东省韶关市）人，他是唐玄宗朝有声誉的宰相之一，但终因直言敢谏而受排挤、遭打击。著作有《张曲江集》，诗文皆为世人推重。

2　"海上"二句：言当一轮明月在海上升起时，我想到远在天涯的朋友与我同样在望月。

3　情人：有怀远之情的人。遥夜：长夜。竟夕：彻夜、整个晚上。二句言有怀远之情的人总是埋怨夜太长了，长夜引起的相思真让人难以忍受。

4 "灭烛"二句：上句写室内望月，下句写室外望月。言灭烛之后满屋的月光更加可爱，披衣出户望月，不觉夜深而感到雾露沾身。

5 "不堪"二句，言我不能将可爱的月光抓一把赠给远行的友人，回到卧室就寝后，又梦见与友人相会了。

|延伸阅读|

答陆澧

[唐] 张九龄

松叶堪为酒，春来酿几多。

不辞山路远，踏雪也相过。

过故人庄 [1]

[唐]

孟浩然

故人具鸡黍 [2]，邀我至田家 [3]。

绿树村边合，青山郭外斜 [4]。

开轩面场圃 [5]，把酒话桑麻 [6]。

待到重阳日，还来就菊花 [7]。

———

注释

———

1　这首诗写孟浩然在过访友人的村庄时，受到友人热情的款待，诗中以优美的自然环境衬托友人的优美之情，从诗中的描写看，这位故人似为一位农民，此诗表现了作者与这位纯朴农民的深厚友谊。

2　具鸡黍：具：备办。鸡黍：杀鸡作黍。具鸡黍，用东汉范式、张元伯事。《文选》李善注引谢承《后汉书》云："山阳范式字巨卿，与汝南张元伯为友。春别京师，以秋为期。至九月十五日，杀鸡作黍。二亲笑曰：'山阳去此几千里，何必至？'元伯曰：'巨卿信士，不失期者。'言未绝而巨卿至。"

3　田家：农家，指故人的家。

4　"绿树"二句：言村庄为绿树所环绕，一抹青山，横斜于青山之外。

5　开轩：打开窗户。面：面临，面对。场圃：打谷场和种植蔬果的园子。

6　把酒：手持酒杯，指饮酒。话桑麻：闲谈农事。化用陶潜《归园田居》其二："相见无杂言，但道桑麻长。"

7　"待到"二句：约定后会之言。言等到了九月九日重阳节时，我再来这里与您共赏菊花共饮菊花酒。

|延伸阅读|

送朱大入秦

［唐］孟浩然

游人五陵去，宝剑值千金。

分手脱相赠，平生一片心。

送魏万之京 [1]

[唐]

李 颀

朝闻游子唱离歌 [2]，昨夜微霜初渡河 [3]。

鸿雁不堪愁里听 [4]，云山况是客中过 [5]。

关城树色催寒近 [6]，御苑钟声向晚多 [7]。

莫见长安行乐处，空令岁月易蹉跎 [8]。

注释

1　这是盛唐诗人李颀（690—751）赠给他的友人魏万的一首
送别诗。魏万，后改名魏颢，山东博平人，进士出身，隐居
后自号"王屋山人"。此诗写于边关的一个城市，魏万将要
离边关赴长安，李颀继续留在边关，分别在即，遂写了这首
抒发离情别绪的诗，诗中用寒秋的"微霜""鸿雁"的哀鸣，
边关的"云山"等景物气氛，来衬托离别的愁绪。末两句劝
勉友人：不要把长安看成是行乐之处，在那里虚度年华，这
是全诗的致意之点，表现出诗人与魏万友谊的深厚。

2　游子：漂泊在外的人，此指魏万。离歌：离别的诗。一作"骊

歌",据《大戴礼》记载,古时客人离别主人时,唱古逸诗《骊驹》,向主人告别,后人因称离别之歌叫"骊歌"。

3 "昨夜"句:言昨夜落了微霜,今晨送魏万渡河。

4 "鸿雁"句:言在寒秋听到鸿雁的哀鸣,有失群的孤独之感,更增离别的愁思,因此不忍听下去。"听"读去声。

5 "云山"句:言途中行色匆匆,无心观赏沿途的山川云物。"过"读平声。以上两句是设想友人在途中的景况。

6 "关城"句:言近日的寒气将边关的树色催黄了。此为倒装句法。

7 御苑:皇家的花园。此句写京都之景,言御苑的钟声在黄昏时当更加密集。

8 "莫见"二句:言不要只看到繁华的长安是行乐之处,空让岁月白白的流失。蹉跎:虚度岁月的意思。

送秘书晁监还日本国¹

[唐]

王　维

积水不可极，安知沧海东²？

九州何处远，万里若乘空³。

向国惟看日⁴，归帆但信风⁵。

鳌身映天黑，鱼眼射波红⁶。

乡树扶桑外，主人孤岛中⁷。

别离方异域，音信若为通⁸！

———

注释

———

1　这是一首送日本友人返国的诗。秘书晁监，即秘书监晁衡（亦作朝衡），他是日本人，原名阿倍仲麻吕，开元初出使来华，后留华做官，官至左散骑常侍、安南都护（见《新唐书·东夷列传》）。为秘书监事，史传失载。此诗先写晁衡归程的遥远，结尾归结到别后彼此天各一方，音讯难通，心中不免有些怅惘。王维与晁衡的友谊，是中日友谊史上的一段佳话。

2　"积水"二句：积水，指海。此两句是说大海辽阔，难以穷极它的尽头，大海以东的日本国更不知是什么样的。

3　九州：指中国，古代中国分为九州。乘空：本指飞翔空中。语出《列子·黄帝》："乘空如履实。"此指乘船漂洋过海。这两句说：日本距中国是很遥远的，要飞翔万里方能到达。

4　"向国"句：言走向日本国只向日出处走去即可。《新唐书·东夷列传》："日本使者自言国近日所出，以为名。"

5　归帆：指返回日本的船。信风：随时令变化定期定向而来的风。古时漂洋过海，因无机器船，只能靠信风，如刮西南风的季节可向东北行。

6　"鳌身"二句：鳌，海中大龟，黑背，故曰"映天黑"。鱼眼是红色的，故说把海水的波涛都映射得红了起来。这是夸张的说法，喻归途的险阻。

7　"乡树"二句：乡树：指日本国的树木。扶桑：神话中的神木名。《山海经·海外东经》："汤谷上有扶桑，十日所浴。"即所谓日出浴于扶桑之说。"乡树扶桑外"，极言晁衡的家乡距中国很远。主人：指晁衡。孤岛：指日本。

8　方：将。若为：如何。二句是说别后将各处异域，音讯如何能通呢？

送沈子福归江东 [1]

[唐]

王 维

杨柳渡头行客稀，罟师荡桨向临圻 [2]。

惟有相思似春色，江南江北送君归 [3]。

注释

1　这是一首送别诗，送别对象沈子福生平不详。此诗把对朋友的相思之情比作无处不在的春色，不管走到哪里，都在伴随着友人，比拟新鲜，同时也将相思之情表现得深广无边。江东：长江以东地区，也称"江左"。

2　罟（gǔ）师：本指渔夫，此指船夫。临圻：此指江东近岸之地。圻（qí）：弯曲的河岸。

3　"江南"句：言不管你走到那里，我的相思像春色一样，将送您到达目的地。

送元二使安西[1]

[唐]

王 维

渭城朝雨浥轻尘[2]，客舍青青柳色新。

劝君更尽一杯酒，西出阳关无故人[3]。

———

注释

———

1　这是一首在唐代极负盛名的送别诗，又题《渭城曲》《送使安西》，后谱成歌曲，称《阳关三叠》，曾广为流传。诗题中的元二，不知为何人。安西，在今新疆维吾尔自治区库车县，为当时安西都护府治所。一二两句，从渭城风物写起，点明了送别的地点和自然环境，拈出"柳色新"三字，既点明了节令，也暗寓着折柳送别。三四两句，通过频频举杯与话别时的叮咛之语，表现出对友人的殷勤之意和依依之情。末句收束，余味无穷。

2　渭城：即秦时的都城咸阳，汉改为渭城，在今陕西省西安市西北，渭水北岸。浥（yì）：润湿。

3　阳关：在今甘肃省敦煌市西南，是当时通往西域的要道。此句言阳关之外本来就人烟稀少，要见到故人就更加困难了。

送　别 [1]

[唐]

王　维

山中相送罢，日暮掩柴扉[2]。

春草明年绿，王孙归不归[3]？

———
注释
———

1　这首送别诗从送朋友回来写起，抒发朋友去后自己掩扉独处的寂寞。后两句在回味与友人分手时向友人发出的一句探问：当明年青草又绿的时候，您回不回来呀？从这一问中，表现了急盼与友人再聚的心情。在艺术表现上活泼亲切，余味不尽。既蕴含着希望，又寄寓着深情。

2　柴扉（fēi）：以荆棘木条做成的门。

3　"春草"二句：化用汉代淮南小山《招隐士》的词句"王孙游兮不归，春草生兮萋萋"。王孙在《招隐士》中指汉高祖之孙淮南王刘安，后来泛指贵族子孙，此处指送别的友人。这首《送别》诗，也是谢朓《王孙游》"绿草蔓如丝，杂树红英发。无论君不归，君归芳已歇"的翻新，结句较谢诗委婉，颇能翻新为奇。

芙蓉楼送辛渐（选一首）¹

[唐]

王昌龄

寒雨连江夜入吴²，平明送客楚山孤³。

洛阳亲友如相问，一片冰心在玉壶⁴。

———

注释

———

1　本题共二首，这是第一首，诗写于开元末至天宝七年（741—748）被贬于江宁（今南京市）任县丞时。题中的"芙蓉楼"在润州（今江苏省镇江市），相传为东晋刺史王恭所建。王昌龄的朋友辛渐要从润州北上洛阳，诗人赶到润州，为朋友饯别于芙蓉楼，写下了这首诗。起句从昨夜的连江寒雨着笔，以秋风秋雨映衬离别的愁绪。次句写送客时望中之景，以雨后的楚山孤峙，衬托此时此地的孤寂心情。三四两句，由辛渐的去处，联想到洛阳的亲友可能问起自己的近况来，答话委婉含蓄，比喻巧妙，表明了自己因谗言而遭贬后，仍然保持着光明磊落、洁身自好的情操。此诗在唐代曾广为传诵。薛用弱《集异记》所载王昌龄、王之涣与高适"旗亭赌诗"，歌伎所唱即有此篇。

2 "寒雨"句：言连江而来的秋雨昨夜洒落到属三吴之地的润州。吴：春秋时的国名，在春秋时，润州属吴国。

3 平明：清早。楚山：泛指润州一带的山。用"楚"字是为了与"吴"互文见义，吴国后并于楚，故江东一带也可称楚。

4 "一片"句：化用鲍照《代白头吟》："直如朱丝绳，清如玉壶冰"的诗句。诗人用此表明自己一颗高洁、晶莹得透明的心，并未因遭到贬谪而改变丝毫。

| 延伸阅读 |

芙蓉楼送辛渐（选一首）

［唐］王昌龄

丹阳城南秋海阴，丹阳城北楚云深。

高楼送客不能醉，寂寂寒江明月心。

别董大 [1]

[唐]

高　适

千里黄云白日曛 [2]，北风吹雁雪纷纷。

莫愁前路无知己，天下谁人不识君 [3]。

注释

1　本题共二首，此为第一首。董大是诗人高适的朋友，唐代对人的称呼，有称兄弟（包括从兄弟）排行的习惯，如杜甫称高适为"高三十五"，董大在兄弟中排行第一，故称董大。他的生平不详。有人认为他是玄宗时期著名的琴师董庭芳，可备一说。此诗前二句用粗大的笔触勾勒出送别时的景色，气象阔大雄浑。后两句，不写分别时的缠绵悱恻之情，却对友人加以劝勉和鼓励，可以看出盛唐时代"丈夫不作儿女别"的开阔的胸襟和达观的情愫。三四两句诗，是脍炙人口的名句。

2　"千里"句：写黄云蔽天，日色昏暗之景。曛（xūn）：昏暗，常指日落时的余光。

3　君：指董大。

陈情赠友人 [1]

[唐]

李 白

延陵有宝剑，价重千黄金 [2]。

观风历上国 [3]，暗许故人深 [4]。

归来挂坟松 [5]，万古知其心。

懦夫感达节 [6]，壮士激青衿 [7]。

鲍生荐夷吾，一举致齐相 [8]。

斯人无良朋，岂有青云望 [9]？

临财不苟取，推分固辞让 [10]。

后世称其贤，英风邈难尚 [11]。

论交但若此，友道孰云丧 [12]。

多君骋逸藻，掩映当时人 [13]。

舒文振颓波，秉德冠彝伦 [14]。

卜居乃此地，共井为比邻 [15]。

清琴弄云月，美酒娱冬春 [16]。

薄德中见捐，忽之如遗尘[17]。

英豪未豹变，自古多艰辛[18]。

他人纵以疏，君意宜独亲[19]。

奈何成离居，相去复几许[20]？

飘风吹云霓，蔽目不得语[21]。

投珠冀有报，按剑恐相拒[22]。

所思采芳兰，欲赠隔荆渚[23]。

沉忧心若醉，积恨泪如雨[24]。

愿假东壁辉，余光照贫女[25]。

注释

---

1 李白此诗是向友人论友道兼叙自己与友人的深厚感情和牢不可破的友谊。诗中先以历史上为人们所传诵的友谊佳话叙起，歌颂了延陵季子与徐君，管夷吾与鲍叔牙的友谊，接着叙及友人的品德、才藻和对自己的深情厚谊，特别难能可贵的是，当自己遭到不幸时，他人皆对自己疏远，而友人却"独亲"自己。最后写分离之后对友人的思念之情。此诗将议论、

叙事与抒情融为一体，可以体现李白的交友观。

2 "延陵"二句：延陵，即延陵季子，又称公子札，所佩宝剑，价值千金。

3 观风：指季札观乐事。历：经历。上国：诸侯称帝室为上国。季札曾奉使上国。

4 "暗许"句：指季札已将自己的宝剑心许给故人徐君，表现出对故人的一片深情。

5 "归来"句：言季札出使后归来，徐君已死，便将宝剑挂在徐君的坟边松树上而离去。以上六句，咏季札与徐君的友谊。

6 达节：通晓节操，喻指季札的高尚情操。《左传·成公十五年》："圣达节，次守节，下失节。"可知达节高于守节。

7 青衿：用"青青子衿，悠悠我心"的典故。据《毛诗正义》的解释：君子以文会友，以友辅仁，学而无友则孤陋寡闻，故诗中表现出治学需友、思友心切的心情。李白此句诗，言壮士当为《子衿》诗所感发，认识到交朋友的重要。

8 "鲍生"二句：鲍生即鲍叔牙，夷吾即管仲，春秋时代人。据《史记·管晏列传》："管仲夷吾者，颍上人也。少时与鲍叔牙游，鲍叔知其贤。管仲贫困，常欺鲍叔，鲍叔终善遇之，不以为言。已而鲍叔事齐公子小白，管仲事公子纠。及小白立为桓公，公子纠死，管仲囚焉。鲍叔遂进管仲。管仲既用，任政于齐，齐桓公以霸，九合诸侯，一匡天下，管仲之谋也。管仲曰：'吾始困时，尝与鲍叔贾（经商），分财利多自与，鲍叔不以我为贪，知我贫也。……生我者父母，知我者鲍子也'。"此为二句诗的本事，诗言由于鲍叔推荐了管仲，管仲一举成为齐国的宰相。

9 "斯人"二句：斯人指管仲。青云望：平步青云的希望，指一举而跻身齐相事。

10 "临财"二句：上句指鲍叔与管仲合伙经商，分财利时，鲍叔尝多取利，然因家贫，不是苟且贪财。下句指管仲知鲍叔贫，以情分而论，本来应该谦让，不计较谁多谁少。

11 英风：伟异的德风。《文选》卷四十三孔稚圭《北山移文》："张英风于海甸，驰妙誉于浙右。"李善注："阮籍《咏怀诗》曰：'英风截云霓。'张铣注曰：'英风、妙誉，皆美声。'"邈：远。难尚：难以超过。

12 "论交"二句：言论交情但能像管鲍那样，朋友之道谁能说已经沦落了。

13 多：赞美词。君：指友人。骋逸藻：驰骋着非凡的才华。指创作上有不平凡的才藻。掩映：犹言隐蔽，引申为压倒、盖过。当时：当世。

14 "舒文"二句：舒文：指写作诗文。振：振起、制止。颓波：在唐代多指齐梁绮靡文风。秉德：保持美好的德行。彝伦：伦常，古时指人与人之间的道德关系。

15 卜居：用占卦的方式选择住宅，以求吉避凶。共井：共用一井，指邻里关系。比邻：近邻居。古时有"五家为比"或"五家为邻"的说法。此二句言诗人愿与友人作为近邻共饮一井之水，从占卦看也是此地为好。

16 "清琴"二句：言两人在自然风景中共同抚琴而弄，一年四季以共饮美酒相娱乐。

17 薄德：自谦之词，犹言自己德薄，无修养。见捐：被弃。忽之：忽然之间。遗尘：像尘埃一样被人遗弃。以上两句，可能指李白获罪后的情况。

18 英豪：英雄豪杰之士。豹变：《周易·革卦》有"君子豹变，小人革面"的说法。高亨《周易大传今注》"传解"说："君子之文章如豹之斑纹，清朗外著，则庶民改变面貌，其国治矣。"此句言英杰之士尚不得志。自古以来英雄的遭遇多是艰难或不幸的。

19　"他人"二句：意谓别的人对失意之人纵已采取疏远的态度，唯独您却采取亲近的态度。

20　"奈何"二句：言无奈我们现在分别了，又不知彼此相距有多少路程？

21　"飘风"二句：《离骚》："飘风屯其相离兮，帅云霓而来御。"王逸注："回风为飘。飘风，无常之风，以兴邪恶之象也。云霓，恶气也，以喻佞人。"此二句意谓现在是邪恶之气大兴，小人在中间作梗，使我们不能相聚叙谈。

22　"投珠"二句：《史记·鲁仲连邹阳列传》："臣闻明月之珠，夜光之璧，以暗投人于道，路人无不按剑相眄者，何则？无因而至前也。"后用此比喻有才能的人所事非主或珍贵的东西落于不善鉴别的人手中。此二句意谓本想投珠希望遇识者，哪知遭到冷遇。这是李白自叹怀才不遇有如明珠暗投。

23　"所思"二句：言思欲采香草以赠友人，但为山水所阻隔，而无法实现。"荆渚"，一作"修渚"，荆非专指，"荆渚"似为长满荆棘蔓草之洲渚。

24　沉忧：深忧。积恨：深恨。

25　"愿假"二句：用刘向《列女传》齐女徐吾的故事，希望友人给自己以帮助。《列女传》载：齐女徐吾，齐东海上贫妇人也，与邻妇李吾等共出烛在一起夜间纺织，徐吾因贫，数次拿不出蜡烛，李吾对同伴说："徐吾既拿不出蜡烛，就不必来参加夜间的纺织了。"徐吾说:"一室之中,多一人的蜡烛也不见得亮多少,少一人的蜡烛也不见得暗多少,何必爱东壁之余光,不使贫女受您一点恩惠,使我照常干我的事,使诸君对我常施恩惠,难道不可以吗?"李吾不能回答,便答应她相从夜绩,后来就再不说那样的话了。

| 延伸阅读 |

咏怀诗

[魏] 阮 籍

夜中不能寐,起坐弹鸣琴。

薄帷鉴明月,清风吹我襟。

孤鸿号外野,翔鸟鸣北林。

徘徊将何见,忧思独伤心。

赠友人三首（选一首）[1]

[唐]

李　白

袖中赵匕首，买自徐夫人[2]。

玉匣闭霜雪[3]，经燕复历秦[4]。

其事竟不捷，沦落归沙尘[5]。

持此愿投赠，与君同急难[6]。

荆卿一去后，壮士多摧残[7]。

长号易水上，为我扬波澜[8]。

凿井当及泉，张帆当济川[9]。

廉夫惟重义，骏马不劳鞭[10]。

人生贵相知，何必金与钱[11]。

1　《赠友人》共三首，此为第二首。此诗先写荆轲感燕太子丹的知遇之恩，为报知己，入秦刺秦王，事败被杀；次写与人交往贵在义气；最后提出"人生贵相知，何必金与钱"，以见诗人对友情的追求和对金钱的鄙视。

2　"袖中"二句：言荆轲袖中所藏的匕首，乃是从赵国徐夫人处买来。《史记·刺客列传》说："于是太子豫求天下之利匕首，得赵人徐夫人匕首，取之百金，使工以药焠之，以试人，血濡缕，人无不立死者。乃装为遣荆卿。"

3　玉匣：盛匕首的以玉做成的匣盒。霜雪：喻匕首的光芒与锋利。

4　"经燕"句：言荆轲从燕国到秦国。

5　"其事"二句：言荆轲刺秦竟然没有得到成功，遇害身死。

6　"持此"二句：言我愿将此匕首赠予您，使匕首与您同赴急难，以备不测。

7　"荆卿"二句：言荆轲入秦，一去不返，壮士秦舞阳同时被害，高渐离为报荆轲之仇，后亦遇害。

8　"长号"二句：言我在易水之上高唱"风萧萧兮易水寒，壮士一去兮不复还"，使易水为我扬起波澜。

9　"凿井"二句：言打井一定要打到有泉水的地方，既然张起帆来就应当过河。意思是不要半途而废。

10　"廉夫"二句：言廉洁的人最重义气，如同骏马不用动鞭子，自会一日千里。

11　"人生"二句：言人生在世，最重要的是得一知心朋友，何必追求金钱呢！

黄鹤楼送孟浩然之广陵 [1]

[唐]

李 白

故人西辞黄鹤楼 [2]，烟花三月下扬州 [3]。

孤帆远影碧空尽，唯见长江天际流 [4]。

———
注释
———

1　这是李白居安陆时期所写的一首送别诗，孟浩然是他这一时期的好友，李白曾自言"吾爱孟夫子，风流天下闻"（《赠孟浩然》），足见他们是彼此相投的。开元十六年（728）春，孟浩然去广陵（今江苏省扬州市），李白在黄鹤楼与孟浩然分手，写下了这首著名的诗篇，表现了对孟的深厚情谊。三四两句，以景结情，诗人的目光追随着友人的孤帆，直到远影消失在碧空的尽头，不仅画面感很强，而且诗人对友人的一片深情就融在这鲜明的画面中。黄鹤楼故址在武汉市黄鹤矶上，现已在附近高观山上修复。

2　西辞：辞西向东，实即从黄鹤楼沿江东下。

3　烟花三月：烟雾迷蒙，繁花似锦的丽春三月。

4　"孤帆"二句：陆游《入蜀记》云："太白登此楼（黄鹤

楼）送孟浩然诗云：'征帆远映碧山尽，唯见长江天际流。'盖帆樯映远山尤可观，非江行久不能知也。"据此可知此诗有异文，但从鉴赏的角度看，现在通行本的文字，较陆游所引文字为优。

|延伸阅读|

赠孟浩然

［唐］李　白

吾爱孟夫子，风流天下闻。

红颜弃轩冕，白首卧松云。

醉月频中圣，迷花不事君。

高山安可仰，徒此揖清芬。

闻王昌龄左迁龙标遥有此寄 [1]

[唐]

李白

杨花落尽子规啼 [2]，闻道龙标过五溪 [3]。

我寄愁心与明月，随君直到夜郎西 [4]。

———

注释

———

1　天宝七载（748），王昌龄再度遭贬，以江宁丞贬龙标（今湖南省洪江市一带）尉。李白听到这个消息，为友人王昌龄的命运和前途担心，因作此诗相赠，表达对友人的同情和慰问。左迁即降职。首句诗既点明节令，又隐含飘零之感与对友人遭谗被贬的愤愤不平。三四两句，构想奇特，尤为人们所激赏。

2　子规：杜鹃鸟。传说古蜀国的望帝死后，其魂化为杜鹃，其声悲苦，啼至血出，有所谓"杜鹃啼血"的说法。

3　龙标：指王昌龄，古时常以职务代人名，做地方官的又常以地名代其名。如岑嘉州，高蜀州。王昌龄又称王江宁、王龙标。

五溪：指雄溪、蒲溪、酉溪、沅溪、辰溪。在今湖南西部和贵州东部。

4　"我寄"二句：言我将思念您的一片愁苦之心托付给多情

的明月，让它一直伴随着您到达贬所。夜郎：即唐贞观五年（631）所置的夜郎县。在今湖南省新晃侗族自治县境。

| 延伸阅读 |

淮海对雪赠傅霭

[唐] 李　白

朔雪落吴天，从风渡溟渤。

梅树成阳春，江沙浩明月。

兴从剡溪起，思绕梁园发。

寄君郢中歌，曲罢心断绝。

金乡送韦八之西京 [1]

[唐]

李 白

客从长安来，还归长安去。

狂风吹我心，西挂咸阳树 [2]。

此情不可道，此别何时遇 [3]？

望望不见君，连山起烟雾 [4]。

注释

1　这首诗写于天宝八载（749）。这年春天，李白东游齐鲁，在金乡（今属山东省）遇友人韦八回长安，写了这首送别诗。"狂风吹我心，西挂咸阳树"两句，神奇、别致，写出了送别时的心潮起伏，同时也表明诗人的心已随友人远去长安，很自然地流露出依依惜别的心情。他把我们常说的"挂心"，通过虚拟的手法，形象化地表现出来。最后两句，写诗人伫立凝望，目送友人归去的情景，寄寓着与友人分别后的怅惘之情。"望"字叠用，显出伫望之久和依恋之深。

2　咸阳：借指长安。因上两句连用两个"长安"，故此处用

"咸阳"代之。

3　遇：会面，相遇。

4　"望望"二句：言友人愈去愈远，最后连影子也消失了，所能看到的只是远处连绵起伏的隐隐青山和迷蒙的烟雾。

| 延伸阅读 |

李白书堂

［宋］陈　岩

兰芷春风满地香，谪仙曾卧白云乡。

山间精爽今犹在，落月时时见屋梁。

送 友¹

[唐]

李 白

青山横北郭，白水绕东城²。

此地一为别，孤蓬万里征³。

浮云游子意⁴，落日故人情⁵。

挥手自兹去，萧萧班马鸣⁶。

———
注释
———

1　这是一首充满诗情画意的送别诗，诗人与友人策马分别，情意绵绵，动人肺腑。首联用工丽的对偶句，点明离别的环境，别开生面。中二联切题，写离别的深情，以"孤蓬"象喻友人，表达了对天涯漂泊的友人的关切。用"浮云""落日"作比，隐喻诗人对朋友的依依惜别，比喻巧妙。尾联用"萧萧班马鸣"，以马之依恋同伴，不忍分别，来烘托朋友之间分别时的缱绻情意，似有无限深情。

2　"青山"二句：郭，外城。二句言城北有青山横亘，城东有白水环绕。"横"字勾勒青山的静姿。"绕"字描绘白水的动态。

3　孤蓬：蓬草，又名飞蓬，因其随风飘转，不能自主，常用来比喻天涯漂泊的游子，此处喻远行的友人。

4　"浮云"句：以浮云的来去无定，比喻游子的浪迹天涯。游子：此指远行的友人。

5　"落日"句：言诗人对朋友的思念之情，有如思念落日，欲其返回而不可得。此句化用陈后主《自君之出矣》"思君如落日，无有暂还时"两句诗的意境。一说：落日徐徐落下，似乎有所留恋，以此比喻送行者眷恋友人的感情，亦可通。故人：诗人自指。

6　"萧萧"句：萧萧：马鸣之声。《诗经·小雅·车攻》："萧萧马鸣，悠悠旆旌。"班马：分道离群之马。此句言主客分手时，双方的马也好像不忍离别故萧萧长鸣。

| 延伸阅读 |

送友人入蜀

［唐］李　白

见说蚕丛路，崎岖不易行。

山从人面起，云傍马头生。

芳树笼秦栈，春流绕蜀城。

升沉应已定，不必问君平。

哭晁卿衡 ¹

[唐]

李 白

日本晁卿辞帝都 ²，征帆一片绕蓬壶 ³。

明月不归沉碧海 ⁴，白云愁色满苍梧 ⁵。

———
注释
———

1　这首诗约写于天宝十二载（753），因误传日本友人晁衡的死讯，诗人为悼念晁衡而作。关于晁衡来华及居官情况，可参阅王维《送秘书晁监还日本国》注1。天宝十二载晁衡和藤原清河等同船回日本，海上遇大风，当时误传晁衡溺水而死。实际情况是，遇风之后，漂至安南，不久又折回长安。晁衡于大历五年（770）卒于长安。"卿"是古人对其友人的亲昵称呼。

2　帝都：指长安。此句言晁衡离开长安返回日本国。

3　蓬壶：即蓬莱，相传是东方大海中的三大仙山之一。此句言晁衡所乘之船将绕过仙山而漂洋过海。

4　明月：比喻晁衡的品德如高洁的明月。此言晁衡一去不返、沉海而死。

5 　"白云"句：苍梧：山名。《水经注·淮水》载：东海郡
胸山县（今江苏省东海县）东北海中有大洲，叫郁洲或郁山。
传说此山由湖南的苍梧飞徙而来，故又叫苍梧山。此句说晁
衡丧生大海，连海上的白云都为之哀伤，以至于苍梧山上笼
罩着一层愁云。

| 延伸阅读 |

送贺宾客归越

[唐] 李 白

镜湖流水漾清波，狂客归舟逸兴多。

山阴道士如相见，应写黄庭换白鹅。

赠汪伦¹

[唐]

李 白

李白乘舟将欲行，忽闻岸上踏歌声²。

桃花潭水深千尺³，不及汪伦送我情。

———

注释

———

1　天宝十四载（755），李白从秋浦（今安徽省贵池市）前往泾县（今安徽省泾县）游桃花潭，受到当地人汪伦（有人认为是一位农民）的热情款待。李白临走时，汪伦又来送行，李白写下了这首诗。诗人将桃花潭水的深湛与汪伦的深情厚意联系起来，结句以比物手法象征性地表达了真挚纯洁的深情。妙在"不及"二字，空灵而有余味，自然而情真。宋代时，汪伦的子孙还珍重地保存着李白的赠诗。

2　踏歌：两脚踏着拍子唱歌。

3　桃花潭：在今安徽省泾县西南。潭的东岸有题着"踏歌古岸"门额的"踏歌岸阁"。西岸彩虹冈石壁下有"钓隐台"等古迹。

不　见[1]

[唐]

杜　甫

不见李生久[2]，佯狂真可哀[3]。

世人皆欲杀[4]，吾意独怜才[5]。

敏捷诗千首[6]，飘零酒一杯[7]。

匡山读书处，头白好归来[8]。

———

注释

———

1　这首诗约写于肃宗上元二年（761），杜甫时在成都。诗题下原注："近无李白消息。"此时杜甫与李白已经十六年未见面了。安史乱中，李白因永王李璘事件而流放夜郎。公元759年遇赦东归，公元760年辗转到达浔阳（今江西省九江市）。杜甫听到一些情况，遂有感而作此诗。诗中表达了对李白的同情和深沉的怀念。从"世人皆欲杀，我意独怜才"两句可洞见诗人对李白的厚爱。此诗在艺术上的特点是直抒胸臆，不假藻饰，语言质朴，感情真挚深沉。

2　李生：指李白。作者于天宝四载（745）与李白相会于鲁郡（今山东省济宁市兖州区），至作此诗之年一直未见面，故说"不见李生久"。

3 佯狂：假装疯狂。李白曾自言"我本楚狂人，凤歌笑孔丘"，并常常吟诗纵酒，笑傲王侯。实际上这是远祸自全的一种手法，也是不满现实的悲愤心情的反映，这是李白的悲剧，故曰"真可哀"。

4 世人：当时的官场人物。此句言当时很多人都认为李白"从叛"应当杀掉。

5 "吾意"句：言唯独我怜惜李白的出众才华。

6 敏捷：才思敏捷，笔下来得快。杜甫《饮中八仙歌》有"李白一斗诗百篇"之句，可与此句互参。

7 "飘零"句：言李白在漂泊之中常以酒相伴。

8 "匡山"二句：匡山即绵州彰明（在今四川省江油市）之大匡山，李白少时读书于此。杜甫因客居成都，因而希望李白头白归蜀，与自己相见。

赠卫八处士 [1]

［唐］

杜 甫

人生不相见，动如参与商 [2] 。

今夕复何夕，共此灯烛光 [3] ？

少壮能几时，鬓发各已苍 [4] 。

访旧半为鬼，惊呼热中肠 [5] 。

焉知二十载，重上君子堂 [6] 。

昔别君未婚，儿女忽成行 [7] 。

怡然敬父执 [8] ，问我来何方。

问答未及已，驱儿罗酒浆 [9] 。

夜雨剪春韭，新炊间黄粱 [10] 。

主称会面难，一举累十觞 [11] 。

十觞亦不醉，感子故意长 [12] 。

明日隔山岳，世事两茫茫 [13] 。

1　杜甫这首诗写于肃宗乾元二年（759）春天，为其从洛阳返回华州途中所作。杜甫于乾元元年六月贬官，出任华州司功参军，这年冬天赴洛阳。次年春，从洛阳至华州，与阔别二十年的老朋友卫八（名字和生平事迹不详）相遇。在动乱的年代，这短暂的一夕相会，是极不寻常的，有恍若隔世之感。主人的热情款待和在烛光融融之夜相伴话旧，使诗人格外眷恋和珍重。这首诗平易真切，层次井然，诗人随其所感，信手写起，如对老朋友说家常话，通过一夕情事的描写，表现了故人淳朴而深厚的友情。处士，指隐居不仕的人。

2　动如：往往就像。参（shēn）与商：二星名。当参星上升到地面时，商星便沉入地平线下，两星永不相见。古人常用以比喻会面之难。

3　"今夕"二句：言今天是什么日子，两人又意外重逢了。"共烛"即同在一支蜡烛的照耀下。

4　"鬓发"句：言彼此都已年老了。苍：灰白色。

5　"访旧"二句：访问故旧，已半数不在人世，闻此惊人消息，内心感到焦躁不安。

6　"焉知"二句：哪知二十年后，我又重新到了你家。君子：指卫八。

7　"昔别"二句：过去分别时您还未结婚，现在您已儿女满堂了。

8　怡然：喜悦的样子。父执：父亲的朋友。

9　驱儿：差遣儿子，主语是卫八。罗酒浆：陈列酒肴。

10　"夜雨"二句：冒着夜雨剪下了春天嫩绿的韭菜，新做的饭中还掺着小米。间：掺杂。

11　累十觞：一连喝了十杯酒。

12　"感子"句：为您（指卫八）深厚的情意所感动。故意：老交情。

13　"明日"二句：言明天我们就分手了，彼此为山川所阻，今后如何，就很难说了。

|延伸阅读|

绝句

[唐]杜　甫

迟日江山丽，春风花草香。

泥融飞燕子，沙暖睡鸳鸯。

梦李白二首（选一首）¹

［唐］

杜　甫

死别已吞声，生别常恻恻²。

江南瘴疠地³，逐客无消息⁴。

故人入我梦，明我长相忆⁵。

恐非平生魂，路远不可测⁶。

魂来枫林青，魂返关塞黑⁷。

君今在罗网，何以有羽翼⁸？

落月满屋梁，犹疑照颜色⁹。

水深波浪阔，无使蛟龙得¹⁰。

1 《梦李白二首》写于乾元二年（759）秋天，时杜甫流寓秦州。诗共二首，此为第一首。乾元元年，李白因受到永王李璘事件的牵连，被流放夜郎（今贵州省桐梓县一带）。行至巫山，遇赦而回到江陵。杜甫远在北方，只知李白流放，不知赦还，感念彼此的友谊，关心友人的不幸，使诗人忧思拳拳，频频入梦，遂写下了这首诗。诗中对梦幻心理的刻画，十分细腻逼真。

2 "死别"二句：已：止。恻恻：悲痛。二句言死别虽很痛苦，却也止于吞声一恸，生别则时时挂念，生死未卜，忧痛更无休止。

3 瘴疠（zhàng lì）地：江南湿热，常有瘟疫流行，所以古代有此说法。

4 逐客：被朝廷放逐的人，此指李白。无消息：因不知流放后的情况，生死未卜，故说无消息。

5 "故人"二句：言故人进入我的梦中，这表明他知道我对他思念之深。

6 "恐非"二句：言梦中的李白，恐怕不是往日的生魂了，但彼此相距甚远，难以猜测。

7 "魂来"二句：枫林青：江南夜景。出自《楚辞·招魂》："湛湛江水兮上有枫，目极千里兮伤春心，魂兮归来哀江南。"关塞黑：杜甫时在秦州，秦陇一带多关塞，又在夜间，故说"关塞黑"。

8 "君今"二句：罗网：指法网，喻李白被流放，如在罗网之中，而失去自由。羽翼：翅膀。比喻李白的魂魄，尚有来去的自由。二句言如果梦中的魂真是李白的魂，他如今身陷罗网，哪里能脱身而来呢？

9 "落月"二句：写梦醒之后的情景。言醒来之后，只见将要落的月亮，仍光照满屋，李白的音容恍惚若在眼前。

10 "水深"二句：波浪阔：形容路途艰险，世路多风波，暗喻李白当时所处的险恶的政治环境。蛟龙：即蛟，水中动物，以其形似传说中的龙，故称蛟龙，常危害人畜。这里用以喻指加害于李白的人。这两句是梦醒之后复作叮咛保重语。

| 延伸阅读 |

江南逢李龟年

[唐] 杜 甫

岐王宅里寻常见，崔九堂前几度闻。

正是江南好风景，落花时节又逢君。

客　至 ¹

[唐]

杜　甫

舍南舍北皆春水，但见群鸥日日来 ²。

花径不曾缘客扫，蓬门今始为君开 ³。

盘飧市远无兼味 ⁴，樽酒家贫只旧醅 ⁵。

肯与邻翁相对饮，隔篱呼取尽余杯 ⁶。

注释

1　这首诗约写于上元二年（761）春，时杜甫居成都草堂。诗题下原注："喜崔明府相过"。明府是沿用汉代对县令的尊称。"相过"即来访之意。诗中表现出对老友来访的喜悦，把门前景、家常话、身边情织成富有情趣的生活场景，还出人意料地突出了邀邻翁陪客助兴的细节，语态传神。诗人诚朴的性格和喜客的心情，均跃然纸上。

2　"但见"句：只见沙鸥天天飞来。意思是闲居草堂，少有人访。鸥鹭在古代人笔下是水边隐士的伴侣，被称为"忘机之友"。

3　"花径"二句：花径：长满花草的庭院小路。蓬门：用蓬草编织的门，喻居处简陋。二句言：以往来客少，不曾因客来而打扫过庭院，今天才为您的到来打开了寒舍的大门。

4　盘飧(sūn)：盘中的熟食。无兼味：两种以上的菜肴叫兼味。此句说因离城较远，家中菜肴很少。

5　樽：酒器。醅（pēi）：没有过滤的浊酒。此句言因家贫买不起好酒，我们就喝自己家中酿的没经过滤的粗酒吧！

6　"肯与"二句：言您如愿意跟我的近邻老友一起相对饮酒，就隔着篱笆喊他们来一块喝吧。呼取：犹言唤得。取为语助词。

| 延伸阅读 |

赠李白

［唐］杜　甫

秋来相顾尚飘蓬，未就丹砂愧葛洪。

痛饮狂歌空度日，飞扬跋扈为谁雄。

天末怀李白[1]

[唐]

杜 甫

凉风起天末，君子意如何[2]？

鸿雁几时到，江湖秋水多[3]。

文章憎命达[4]，魑魅喜人过[5]。

应共冤魂语，投诗赠汨罗[6]。

注释

1　这首诗约作于《梦李白二首》之后不久，时杜甫流寓秦州（今甘肃省天水市），由于听到李白在流放夜郎的途中遇赦放还，回到湖南，诗人急切盼望友人李白来信，深深怀念友人，因而写了这首诗。秦州地处边塞，如在天之尽头，故题目中用了"天末"二字。此诗言浅情深，意象悠远。其中"文章憎命达"二句，议论中带情韵，用比中含哲理，意味深长，是千古传诵的名句。

2　"凉风"二句：因秋风感兴而怀念友人。凉风：秋风。《周书·时训》："立秋之日凉风至。"君子：指李白。意如何：

心情怎么样。

3　"鸿雁"二句：鸿雁：喻指书信，古代有鸿雁传书的说法。江湖：喻指多风波的途路。李慈铭曰："楚天实多恨之乡，秋水乃怀人之物。"

4　"文章"句：意谓文才出众的人总没有好运气，犹言"诗能穷人"。

5　"魑魅"句：魑魅（chī mèi）：传说中害人的动物，或指山神、鬼怪。此句以鬼怪喜欢乘人过其侧时把人抓住吃掉为喻，言人世险恶，以魑魅比诬陷李白的人。

6　"应共"二句：冤魂：指屈原。屈原被谗，放逐江南，含冤投汨罗江而死。汨（mì）罗：汨罗江，在今湖南省湘阴县西北，为屈原投水处。二句言李白应当在过汨罗时投诗以赠屈原的冤魂，同其共诉冤屈。"赠"字用得很妙。黄生说："不曰吊而曰赠，说得冤魂活现。"（《读杜诗说》）

春日忆李白 [1]

［唐］

杜　甫

白也诗无敌 [2]，飘然思不群 [3]。

清新庾开府，俊逸鲍参军 [4]。

渭北春天树，江东日暮云 [5]。

何时一樽酒，重与细论文 [6]。

注释

1　杜甫与李白于天宝三载（744）初夏，在洛阳相识，其后便一起漫游梁、宋（今河南省开封市和商丘市一带）。次年年初，复在兖州相会。不久李白赴江东，杜甫回长安，这首诗是天宝五载或六载（747）春，杜甫在长安为怀念李白而作。开头四句，一气贯注，对李白诗大加赞美。接下来两句，寓情于景，写景非常贴切，既交待了时间地点，又暗喻了两人的近况。作者留居原籍，故言"春天树"；李白在漂泊中，故言"日暮云"；不言怀念而怀念之情自在其中。结尾两句，写出了把酒论诗的热切希望，余意不尽，把思念之情表现得深厚无比，

回荡着无限的情思。

2　白：指李白。也：语气助词。

3　"飘然"句：言李白诗有一种飘逸之气，思想情趣不同一般。

4　"清新"二句：用南北朝诗人的艺术风格来赞美李白的诗歌，认为李诗兼庾信、鲍照二人之长。清新：杜甫有"诗清立意新"之句，可视为"清新"二字的注脚。庾开府：即庾信，他由南入北之后，曾任北周的骠骑大将军，开府仪同三司（司马、司徒、司空），世称"庾开府"。俊逸：才俊气逸，就诗的风格而言。鲍参军：即南朝宋诗人鲍照，字明远，曾任荆州前军参军，故称"鲍参军"。

5　"渭北"二句：渭北：即渭水之北，泛指杜甫所在的长安一带。春天树：用春树暗寓杜甫思念李白。翘首北国，唯见春树迷蒙。江东：泛指长江下游江南一带，指当时李白流寓的苏州、扬州、金陵、会稽等地。日暮云：写李白在日暮之时，望着天边的白云在怀念着自己。黄生释此二句是说："五句寓言己忆彼，六句悬度（设想）彼忆己。"（《杜诗说》）

6　"何时"二句：樽：酒器。论文：即论诗。唐时"文"的概念常包括诗歌在内。二句言什么时候能再欢聚一起把酒论诗呢？

追酬故高蜀州人日见寄（并序）[1]

[唐]

杜 甫

开文书帙中[2]，检所遗忘，因得故高常侍适[3]——往居在成都时，高任蜀州刺史——人日相忆见寄诗[4]。泪洒行间，读终篇末。自枉诗已十余年[5]，莫记存没又六七年矣[6]。老病怀旧，生意可知[7]。今海内忘形故人[8]，独汉中王瑀与昭州敬使君超先在[9]。爱而不见，情见乎辞[10]？大历五年正月廿一日，却追酬高公此作，因寄王及敬弟。

自蒙蜀州人日作[11]，不意清诗久零落[12]。

今晨散帙眼忽开，逆泪幽吟事如昨[13]。

呜呼壮士多慷慨[14]，合沓高名动寥廓[15]。

叹我凄凄求友篇[16]，感君郁郁匡时略[17]。

锦里春光空烂熳[18]，瑶墀侍臣已冥寞[19]。

潇湘水国傍鼋鼍[20]，鄠杜秋天失雕鹗[21]。

东西南北更谁论²²，白首扁舟病独存²³！

遥拱北辰缠寇盗²⁴，欲倾东海洗乾坤²⁵。

边塞西羌最充斥²⁶，衣冠南渡多崩奔²⁷。

鼓瑟至今悲帝子²⁸，曳裾何处觅王门²⁹。

文章曹植波澜阔³⁰，服食刘安德业尊³¹。

长笛邻家乱愁思，昭州词翰与招魂³²。

注释

1　从序中可知，这首诗作于大历五年（770）正月二十一日。题目中的高蜀州即高适，他是杜甫的朋友。杜甫在长沙舟中翻出了高适在上元二年（761）人日（正月初七）寄赠杜甫的一首诗，这时高适已死去六年了。诗人感念昔日的友谊，于是写下了这首诗。诗中表达了对高适的深厚友情，同时也流露出对时局的关切。

2　帙（zhì）：书套，书函。

3　故高常侍：已去世的高常侍。高适曾为左散骑常侍。

4　人日相忆见寄诗：即高适的《人日寄杜二拾遗》"人日题诗寄草堂，遥怜故人思故乡"云云，今存《高适诗集》中。

5　枉诗：对别人赠诗的客气话，同枉驾。枉道之"枉"。

6　莫记存没：言不记得高适的赠诗是存在还是丢失了。实指找不到此诗。

7　生意：生活意趣，此句言因老病怀念友人而情绪不佳。

8　忘形故人：不拘形迹的亲密老友。

9　瑀：李瑀，汝阳王李琎之弟，封汉中王。昭州：今广西壮族自治区平乐县。敬使君超先：即敬超先。使君是汉官名，汉代的刺史称使君，汉以后泛指州郡地方长官。

10　情见乎辞：思念之情表现在文辞中。

11　蜀州：高蜀州的简称。人日作：指高适的《人日寄杜二拾遗》。

12　清诗：清美之诗，指高适的诗作。零落：遗失不见。

13　迸泪：眼泪迸洒涌出。幽吟：低声吟诵。事如昨：宛如昨天的事一样。

14　壮士：指高适。慷慨：意气风发，情绪激昂。

15　合沓：积聚，指高适的名声不是一时一事所赢得的。动寥廓：名动天地。

16　"叹我"句：言高适同情自己的凄凉遭遇并深知自己的赠诗求友之意。求友篇：指杜甫寄赠高适的诗，如《送高三十五书记十五韵》等。

17　郁郁：不得志。匡时略：匡救时局的策略。此句言高适胸怀济世之才而不受重用，雄心壮志不得伸展。

18　锦里：指成都。此句言友人已死，锦官城的春色虽美，也无心欣赏了，故曰"空烂熳"。

19　瑶墀（chí）：玉阶，指宫廷。侍臣：指高适，高适最后官至左散骑常侍，这是皇帝的侍从之臣，故云。冥寞：指死亡。

20　潇湘：指湖南的潇水与湘江，此处代指湖南。鼋鼍（yuán

tuó）：鼍和猪婆龙。此句言自己漂泊湖南，住在湘江岸边舟中。

21　鄠（hù）杜：长安附近的鄠县（今陕西省西安市鄠邑区）和杜曲，喻指高适病死的长安。雕鹗：两种猛禽，此处用以比喻高适的威猛和英武。

22　"东西"句：言自己四处漂泊却无人关心。

23　"白首"句：写自己的生活苦况，身居扁舟之中，老而多病。

24　拱：抱拳，敛手。表示恭敬和向往。北辰：北斗星，此喻指朝廷。缠：困扰。此句言我所向往的朝廷正遭受寇盗的侵扰。

25　"欲倾"句：言想倾倒东海之水来清洗神州大地。此句喻指平定天下的愿望。

26　西羌：指吐蕃、党项羌等。此言边塞上充斥着西羌入侵的军队。

27　衣冠：指贵族官僚。南渡：本指晋元帝南渡过江，此喻指安史之乱后，大批的官僚贵族逃到江南。崩奔：仓皇奔走。

28　"鼓瑟"句：相传舜南巡死后，娥皇、女英二妃亦投水而死，成为湘水女神，曾鼓瑟悲歌（见《楚辞》王逸注）悲帝子：使帝子悲哀。帝子：指二妃，此处喻指让皇帝李宪之子汉中王李瑀。此句写李瑀之悲，正见自己之悲，以此表达对朝廷多难的悲伤。

29　曳裾王门：语本《汉书·邹阳传》"何王之门不可曳长裾乎。"指奔走于王侯权贵之门。此句言虽思念李瑀，但彼此相距甚远，自己无法奔走于王侯之门。

30　"文章"句：言李瑀善于写诗，如同建安作家曹植一样，文章极富波澜。

31　服食：指道家养生之术的食丹求长生。刘安，即淮南王刘安。此句以淮南王刘安的德业之尊（指其礼贤下士）比喻李瑀。

32 "长笛"二句：长笛：用晋代向秀的典故。嵇康死，其友向秀听到邻家的笛声，哀念亡友嵇康，归而作《思旧赋》（见《晋书·向秀传》）。昭州：指昭州刺史敬超先。词翰：文墨，文章。招魂：屈原死后，相传宋玉曾作《招魂》来悼念屈原。这两句意谓想到高适的死，自己和敬使君超先都应写诗文向高适致哀。

| 延伸阅读 |

归 雁

［唐］杜 甫

东来万里客，乱定几年归？

肠断江城雁，高高向北飞！

饯别王十一南游 [1]

［唐］

刘长卿

望君烟水阔，挥手泪沾巾 [2]。

飞鸟没何处，青山空向人 [3]。

长江一帆远，落日五湖春 [4]。

谁见汀洲上，相思愁白蘋 [5]。

———

注释

———

1　这是一首送别诗，着意写与友人王十一（名字和生平不详）离别时的心情。诗人借助眼前景物，通过遥望和凝思，来表达离情别绪。诗的最后，又从恍惚的神思中折回到送别的现场上来。诗人站在汀洲之上，对着秋水蘋花出神，久久不忍归去，心中充满无限的愁思。情景交融，首尾相应，离思深情，悠然不尽。

2　"望君"二句：写诗人眼望烟水空阔的江面，频频向友人挥手，因不忍分别，以致泪湿衣衫。

3　"飞鸟"二句：飞鸟：隐喻友人。二句言眼望南去的友人渐去渐远，不知他将在何处安身，友人看不到了，只有远处的青山空空地对着我。

4 "长江"二句：五湖：古代有以太湖或以太湖及附近四湖为五湖的说法。此二句言友人的归帆在长江中渐行渐远，已经消失到长江的尽头，诗人的心已追随友人而去，想象着友人将在夕阳西下的时刻到达太湖，观赏太湖明媚的春色。

5 "谁见"二句：汀洲：水中陆地或水边平地。此二句言谁看到我站在水边，面对白蘋花在思念远方的友人呢！此诗的后三句，化用了梁代诗人柳恽《江南曲》"汀洲采白蘋，日落江南春。洞庭有归客，潇湘逢故人"的意象。

| 延伸阅读 |

逢雪宿芙蓉山主人

［唐］刘长卿

日暮苍山远，天寒白屋贫。

柴门闻犬吠，风雪夜归人。

别严士元 [1]

[唐]

刘长卿

春风倚棹阖闾城 [2]，水国春寒阴复晴 [3]。

细雨湿衣看不见，闲花落地听无声 [4]。

日斜江上孤帆影，草绿湖南万里情 [5]。

君去若逢相识问，青袍今已误儒生 [6]。

———

注释

———

1　作者贬官过吴（今江苏省苏州市），认识了吴人严士元（他曾做过员外郎的官），两人成为朋友。不久，严士元将去湖南，作者于是写下这首送别诗。诗中用一连串的景物描写来叙述事件的进程和人物的行动，景中见情，寄托了与友人相遇而又别离的复杂感情。

2　倚棹：棹是划船的工具，也可代指船。倚棹即停船之意。阖闾城：即苏州城，相传此城是春秋时伍子胥为吴王阖闾所筑，故名。

3　水国：江南水乡。此句写水国的气候特征。

4 "细雨"二句：以"细雨湿衣""闲花落地"的眼前景象，衬托凝神伫立的送别场面。

5 "日斜"二句：上句写在夕阳西下之时目送友人归去，直到孤帆远影消失在江上。下句点出友人将去湖南，想象出"草绿湖南"的意中之景，以见分别万里之情。

6 "君去"二句："君去"一作"东道"，此据《文苑英华》。相识：指作者所认识的人。青袍：即青衿，古时知识分子的代称。唐代品秩较低的八九品小官穿青色的衣服，也可代指官阶。"青袍误身"是一句牢骚话，因当时作者被贬，故有为区区青袍所误的悔恨。

|延伸阅读|

送灵澈上人

［唐］刘长卿

苍苍竹林寺，杳杳钟声晚。

荷笠带斜阳，青山独归远。

古怨别 1

[唐]

孟　郊

飒飒秋风生 2，愁人怨离别 3。

含情两相向，欲语气先咽 4。

心曲千万端 5，悲来却难说。

别后唯相思，天涯共明月 6。

注释

1　孟郊（751—814），字东野，湖州武康（今浙江省武康县）
人。此诗是一首古诗，故在"怨别"之上加一"古"字。诗
中抒发了与友人分别的愁怨。诗人用白描的手法写情，写出
了含情欲语、心曲万端但又难以说出的境界。

2　飒飒：风声。

3　愁人：含愁之人，指自己与友人。

4　"含情"二句：写送者与别者二人含情脉脉，相对互望，
话到嘴边却又哽咽难言。

5　心曲：心事。

6　"天涯"句：化用谢庄《月赋》："美人迈兮音尘阙，隔千里兮共明月。"写别后相思。苏轼《水调歌头》："但愿人长久，千里共婵娟"，即从"天涯共明月"的意境变化而出。

｜延伸阅读｜

古别离

[唐]孟　郊

欲别牵郎衣，郎今到何处？

不恨归来迟，莫向临邛去。

衡阳与梦得分路赠别 [1]

[唐]

柳宗元

十年憔悴到秦京 [2]，谁料翻为岭外行 [3]。

伏波故道风烟在 [4]，翁仲遗墟草树平 [5]。

直以慵疏招物议 [6]，休将文字占时名 [7]。

今朝不用临河别，垂泪千行便濯缨 [8]。

———

注释

———

1　柳宗元、刘禹锡等人，因参与了王叔文集团的"永贞革新"，失败后"八司马"同时被贬。十年后的元和十年初，柳、刘等被召回，但不到两个月，他们又再度遭贬。刘禹锡原被贬为播州（今贵州省遵义地区）刺史，播州是当时有名的"恶处"，十分荒凉。柳宗元被贬为柳州刺史，他考虑到刘禹锡的母亲需随任，年龄太大，不便到播州去，要求与刘禹锡对换，显示了崇高的友谊。由于裴度向宪宗说情，宪宗改授刘禹锡为连州刺史。去赴任途中，刘、柳二人结伴同行。到达衡阳之后，两人不得不分手，于是写下这首诗。

2　十年憔悴：指被贬十年的屈辱与痛苦的生活。秦京：秦都咸阳，在长安附近，此处代指唐都长安。此句言被贬十年后被召回京。

3　"谁料"句：岭外：即南岭以外，也就是岭南地区，柳宗元被贬柳州，位置在岭南。此句言回京之后很快被贬到更远的岭南是出人意料的。

4　伏波：东汉伏波将军马援。柳、刘被贬南行之路，正是当年马援南击交阯时所经过的故道，故言伏波故道风烟犹存。

5　翁仲遗墟：翁仲，传说为秦时巨人名，秦始皇曾铸金人以像翁仲，后世遂以铜像或墓道石像称为翁仲。翁仲遗墟指伏波故道上的汉魏古墓。草树平：即草与树平，指荒凉。

6　慵疏：懒散，实指不会献殷勤。遭物议：遭到某些人的批评指责。

7　文字：指文章。占时名：闻名一时。刘禹锡数以文字取祸，这次被贬是因刘写了一首《戏赠看花诸君子》，守旧派借口此诗"语含讥刺"（《旧唐书·刘禹锡传》），重遭贬谪，所以柳宗元说"休将文字占时名"。这是愤激语。

8　"今朝"二句：言我们今日分别不用到河边上去了，我们的眼泪已流成河，眼泪足可洗涤系帽的丝带。濯缨：语出《沧浪歌》："沧浪之水清兮，可以濯吾缨。"

重别梦得 [1]

柳宗元

二十年来万事同 [2]，今朝歧路忽西东 [3]。

皇恩若许归田去，晚岁当为邻舍翁 [4]。

———
注释
———

1　这首诗的写作年代和背景与《衡阳与梦得分路赠别》相同，亦写于柳、刘于衡阳分别之际。刘禹锡写了答赠诗《再授连州至衡阳酬柳柳州赠别》之后，柳宗元又写了这首诗。他们二十年来命运是相同的，念及昔日的友谊，一朝分手，不胜悲痛之至，他们愿意辞官归田，晚年共居一处做友邻。可惜衡阳一别便成永诀。四年之后，刘禹锡护送亡母灵柩路过衡阳时，接到了柳宗元去世的噩耗，悲痛欲绝，停母柩为柳料理后事，后来为柳宗元编文集，并收养了柳的一个儿子。他们生死不渝的友谊，早已传为佳话。

2　万事同：柳、刘二人在贞元九年（793）同时进士及第，进入仕途后官同列，又共同参加永贞革新，同被贬同被召回，又于元和十年（815）同时再度被贬，这一对挚友实为难兄难弟，

1
2
2

这二十二年中，他们的命运是相同的。

3 "今朝"句：写二人"临湘水为别，柳浮舟适柳州"，刘
"登陆赴连州"。（刘禹锡《重至衡阳伤柳仪曹》）

4 "皇恩"二句：以安慰的口气与朋友相约。意谓如果皇帝
开恩准许我们辞官归田，我们晚年将住在一起，朝夕相处。

| 延伸阅读 |

再上湘江

[唐]柳宗元

好在湘江水，今朝又上来。

不知从此去，更遭几年回。

登柳州城楼寄漳汀封连四州刺史 [1]

[唐]

柳宗元

城上高楼接大荒 [2]，海天愁思正茫茫 [3]。

惊风乱飐芙蓉水 [4]，密雨斜侵薜荔墙 [5]。

岭树重遮千里目 [6]，江流曲似九回肠 [7]。

共来百越文身地 [8]，犹自音书滞一乡 [9]。

———
注释
———

1　这首诗是作者在元和十年（815）初到柳州时所写。这年年初，十年前被贬的"八司马"至元和十年有几位已不在人世，柳宗元等"五司马"被召回，但很快又重被贬到远州去。柳宗元贬柳州，韩泰贬漳州，韩晔贬汀州，陈谏贬封州，刘禹锡贬连州。柳上任后，他登上柳州城楼，想起同命相连的四位朋友，遥望他们的贬所，不禁情思绵绵，感慨万端。诗中借助景物和比兴，抒发了恩友之情和难以明言的情愫。

2　接：连接，目接。大荒：偏僻荒远地区，指四人被贬之地。

3　海天：形容愁思的深广无边。

4　惊风：突然刮飞的狂风。飐（zhǎn）：因风吹而颤动。芙蓉：荷花。

5　薜荔：一种木本蔓生植物，常附木或缘墙而生。以上两句写夏天风急雨骤的近景，隐喻当时政治气候的恶劣。

6　重遮：层层遮盖。千里目：远望的视线。

7　九回肠：愁肠。司马迁《报任安书》："肠一日而九回。"以上两句写远望之景，景中寓情，抒发了相望的殷切和相思的痛苦。

8　百越：即"百粤"，泛指散居岭南的少数民族，越人有断发文身（不留长发，在身上刺花纹）的习俗，故称"文身地"。

9　音书：音信。滞：不通，阻隔。一乡：一方。此二句言彼此都在荒远之地，互相之间难通音讯。

|延伸阅读|

春怀故园

［唐］柳宗元

九疑鸣已晚，楚乡农事春。

悠悠故池水，空待灌园人。

落叶送陈羽[1]

[唐]

韩　愈

落叶不更息[2]，断蓬无复归[3]。

飘飖终自异，邂逅暂相依[4]。

悄悄深夜语，悠悠寒月辉[5]。

谁云少年别，流泪各沾衣[6]？

———

注释

———

1　这是韩愈送别友人陈羽时所写的一首诗，陈羽生平不详。诗的开头以落叶和断蓬比喻天涯漂泊的游子，同时也隐喻自己和友人陈羽，他们的相遇如同落叶与断蓬的邂逅相依，这表明他们同是天涯漂泊之人。五六两句，写深夜话别，悠悠情长。结尾两句写彼此虽不是少年了，但分手时各自都流下了惜别之泪，以见两人交情之深。

2　"落叶"句：不更息：不再生。息即生息之息。此句言落叶离树便不能更生了。

3　"断蓬"句：言蓬草离开本根就再也回不到故处了。两句喻朋友分手之后难得再重逢。

4 "飘飖"二句：邂逅：不期而遇。二句意谓落叶与断蓬虽都随风飘转，但最终还要天各一方，遇在一起是暂时的。二句喻朋友终有一别。

5 "悄悄"二句：悠悠：遥远，无穷尽。此二句言在静静的深夜里两人不知说了多少知心话，在冷月清光中共同度过了漫漫长夜。

6 "谁云"二句：谁说少年分别时爱流泪，中、老年分手时，不也同样泪沾衣衫吗？

| 延伸阅读 |

同水部张员外籍曲江春游寄白二十二舍人

［唐］韩　愈

漠漠轻阴晚自开，青天白日映楼台。

曲江水满花千树，有底忙时不肯来。

再授连州至衡阳酬柳柳州赠别 ¹

［唐］

刘禹锡

去国十年同赴召²，渡湘千里又分歧³。

重临事异黄丞相⁴，三黜名惭柳士师⁵。

归目并随回雁尽，愁肠正遇断猿时⁶。

桂江东过连山下，相望长吟有所思⁷。

———

注释

———

1　这首诗的写作时间和背景可参阅柳宗元《衡阳与梦得分路赠别》注1。这是柳作的答赠诗。刘禹锡永贞元年（804）被贬连州，元和十年（815）再贬连州，故称"再授连州"。诗中对再度遭贬感到悲愤，又以"回雁""哀猿"衬托望乡之情与离别之悲，读来足以摇荡人心。结尾两句，寄离情于山水，写出了挚友之间山水相望，长吟远慕的无限相思，词尽篇中而意在言外，既深隐又绵邈。

2　去国：离开京城。十年：从永贞元年被贬到元和九年年底被召回，经时十年。

3 渡湘千里：指二人同沿着湘江而至衡阳。

4 重临：指两次被贬连州。黄丞相：指西汉宣帝时的丞相黄霸。他曾两次任颍川太守，政绩卓著，受到百姓的爱戴和朝廷的重视。如今自己重临连州，是被贬而来，与黄丞相大不相同，故说"事异"。

5 "三黜"句：用春秋鲁国人柳下惠事。三黜：三次被贬。据《论语·微子》载：柳下惠为士师（狱官），因直道而事人，曾被贬三次。此处用柳士师喻柳宗元。诗人认为自己与柳宗元一再遭贬和"直道事人"是相同的，但世人将两人名字并列，自己感到惭愧，故曰"名惭"，这是诗人的谦词。

6 "归目"二句：归目：回首望的目光。回雁：向北飞的雁群，兼指回雁峰。相传北雁南飞至衡阳的回雁峰为止，用此暗点"衡阳"。尽：指视线的尽头。断猿：断续的猿声。两句写二人分手时的共同情绪，上句以目送归鸿写思归之情，下句写猿啼以增添人的愁思。

7 "桂江"二句：桂江即漓江，代指柳宗元贬地附近山水。连山：即刘禹锡贬地连州附近之山，在柳州之东，桂江不经过连州，这里是用"以虚间实"之法，用"相望"将两地联系起来。有所思：古乐府篇名，这里只用其字面意义。

重至衡阳伤柳仪曹（并引）[1]

[唐]

刘禹锡

元和乙未岁，与故人柳子厚临湘水为别，柳浮舟适柳州，余登陆赴连州。后五年，余从故道出桂岭，至前别处，而君没于南中，因赋诗以投吊。

忆昨与故人，湘江岸头别[2]。

我马映林嘶[3]，君帆转山灭[4]。

马嘶循古道，帆灭如流电[5]。

千里江蓠春[6]，故人今不见。

1 引中所说的元和乙未岁，即元和十年（815）。这年春，刘、柳二人同时被贬，一路同行至衡阳分手。四年之后，刘禹锡的老母去世，刘扶母灵柩北归又至衡阳，这时听到柳宗元逝世的噩耗，悲痛欲绝，于是写下了这首悼念友人的诗。

2 "忆昨"二句：回忆四年前与友人衡阳分别的情景。

3 映林：对着山林。嘶：叫。

4 转山灭：随着山回路转而消逝。

5 流电：闪电。此句形容帆影消失之快。

6 江蓠：又作江离，香草名，又名蘼芜。屈原《离骚》"扈江离与辟芷兮，纫秋兰以为佩。"此用"千里江蓠春"代表湖南一带的千里春色。

| 延伸阅读 |

秋　词

［唐］刘禹锡

自古逢秋悲寂寥，我言秋日胜春朝。

晴空一鹤排云上，便引诗情到碧霄。

酬乐天扬州初逢席上见赠 [1]

刘禹锡

巴山楚水凄凉地 [2]，二十三年弃置身 [3]。

怀旧空吟闻笛赋 [4]，到乡翻似烂柯人 [5]。

沈舟侧畔千帆过，病树前头万木春 [6]。

今日听君歌一曲，暂凭杯酒长精神 [7]。

———

注释

———

1　唐敬宗宝历二年（826），刘禹锡罢和州刺史回洛阳，同时，白居易从苏州归洛，两位诗人在扬州相逢。白居易在席上写了一首诗赠刘："为我引杯添酒饮，与君把箸击盘歌。诗称国手徒为尔，命压人头不奈何。举眼风光长寂寞，满朝官职独蹉跎。亦知合被才名折，二十三年折太多。"刘禹锡便写了这首诗来酬答他。一来一往，显出朋友之间推心置腹的亲切关系。诗人在外二十三年，如今许多老朋友都已去世，他只能徒然地吟诵《思旧赋》表示悼念。诗的末尾表示，在朋友的热情关怀下，诗人要重新振作起来，投入到生活的洪

1
3
2

流中去，这是友谊的力量。

2 巴山楚水：泛指被贬谪的地方。刘禹锡曾在朗州（今湖南省常德市）住了九年多，朗州在战国时为楚地。在夔州（秦汉时属巴郡）住了两年多，故云。

3 二十三年：承白居易的"二十三年折太多"而来。刘禹锡从永贞元年（805）被贬连州到宝历二年（826）冬写此诗时，共历二十二个年头。

4 闻笛赋：指向秀的《思旧赋》。晋人向秀经过亡友嵇康、吕安的山阳旧居，听到邻人吹笛，有感笛音之悲，念及亡友，因而写了一篇《思旧赋》。此句为悼念一同被贬的亡友而发。

5 烂柯人：指王质。柯指斧柄。据《述异记》载：晋人王质进山打柴，看见两个童子下棋，他看到终局，手里的斧头柄已朽烂了，下山回到村里，才知过去了一百年，同龄人都已死尽，无有识者。作者以王质自比，说明自己被贬的二十三年之中，世事变化之大，恍若隔世。

6 "沉舟"二句：作者自比"沉舟""病树"，说明自己的遭贬并不算什么。沉舟侧畔，有千帆竞发；病树前头，正万木皆春；新事物必将取代旧事物，于惆怅之中见达观的情怀。

7 "今日"二句：承白诗首二句而来，意谓听到朋友的赠诗和相聚时的碰杯饮酒，自己的精神还可重新振作起来。

送友人 [1]

[唐]

薛涛

水国蒹葭夜有霜 [2]，月寒山色共苍苍 [3]。

谁言千里自今夕 [4]？离梦杳如关塞长 [5]。

———

注释

———

1　薛涛是唐代才女、女诗人。她十六岁入乐籍为妓女，二十岁脱籍居成都，与许多文人有交往并建立了深厚的友谊。本篇所送之友人，可能就是与她过往较密的文人。此诗的前两句化用《蒹葭》的意境，却进一步说寒月、山色与蒹葭"共苍苍"，可谓善于变化前人诗句，且使人联想起《蒹葭》一诗悠远不尽的境界，着意渲染了送客时的景物与气氛。后两句说千里之隔，未必始于今夕，梦中尚可相见，但中隔千山万水，为关塞所阻，梦魂恐也杳难追寻。表现思念之情委婉含蓄，有一波三折之妙。

2　蒹葭：芦苇。《蒹葭》："蒹葭苍苍，白露为霜。所谓伊人，在水一方。"首句诗即由此化出。

3　苍苍：深青色。

4　千里：指千里分别。自今夕：从今夕开始。

5　杳（yǎo）：昏暗，深远。

| 延伸阅读 |

别李郎中

[唐]薛　涛

花落梧桐凤别凰，想登秦岭更凄凉。

安仁纵有诗将赋，一半音词杂悼亡。

寄乐天 ¹

[唐]

元 稹

无身尚拟魂相就²，身在那无梦往还³。

直到他生亦相觅⁴，不能空记树中环⁵。

注释

---

1 元稹（779—831）与白居易，既是齐名的诗人，又是亲密无间的朋友。元稹二十五岁时，与白居易同登书判拔萃科，元白订交即从此开始。他们一生中唱和甚多，交情也与日俱增。此诗是元稹为寄赠白居易而作，诗中表现了他们之间生死不渝的友谊，即使到他生来世，他们仍想互相寻觅，世世代代友好下去，这虽是不可能的，但却可以看出他们的友谊非同寻常。

2 无身：自身不存在。语出《老子·十三》："及吾无身，吾有何患。"此句言即使到了自身不存在时，我还想着我的魂魄要到您身边去。

3 "身在"句：言只要我一息尚存我们就会出现在彼此梦中。

4 他生：即来世。相觅：互相寻觅。此句言异世还将为友。

5　树中环: 疑指年轮, 树木生长, 一年增加一轮, 形状为环形。元、白两人二次同登科, 这在封建社会称为"年谊", 用树中环可表示年谊已达多少年代。此言我们不能只记得我们相识多少年了, 而应想着来世再结为朋友。此句承上句而来。

延伸阅读

闻乐天授江州司马

[唐] 元　稹

残灯无焰影幢幢, 此夕闻君谪九江。

垂死病中惊坐起, 暗风吹雨入寒窗。

得乐天书 ¹

［唐］

元　稹

远信入门先有泪 ²，妻惊女哭问何如？

寻常不省曾如此，应是江州司马书 ³。

注释

1　这首诗描写了诗人收到白居易书信时激动的心情。看到故友白居易的来信，他激动得泪流满面，妻子女儿看到此情此景大为惊恐，女儿因不知何故竟哭了起来，妻女齐问这是怎么回事？因平常没看过诗人如此反常。经过一想，她们猜到原因了：大概是在远方的好友白居易来信了，所以诗人才如此激动。短短四句，波澜叠翻，可谓一波三折。诗中虽不言元、白的友谊如何深厚，但通过接到白的信后全家人的情态，胜过正面描写二人的友谊与相思千百倍。

2　远信：远方来信，指白居易的来信。

3　省：察觉，见。江州司马：元和十年（815）四十四岁的白居易因直言敢谏，上书言事得罪旧官僚集团，遭到诬陷，被贬为江州（今江西省九江市）司马。

别元九后咏所怀 [1]

［唐］

白居易

零落桐叶雨 [2]，萧条槿花风 [3]。

悠悠早秋意，生此幽闲中 [4]。

况与故人别，中怀正无悰 [5]。

勿云不相送，心到青门东 [6]。

相知岂在多，但问同不同 [7]。

同心一人去，坐觉长安空 [8]。

———

注释

———

1 这首诗写于长安，诗人与元稹分别后，格外想念好友元稹，所咏之怀，即对友人的思念之情。此诗先用秋景衬托别后的惆怅。结尾用"同心一人去，坐觉长安空"，写友人去后的寂寞之感，比喻生动贴切，真实感很强。

2 "零落"句：言梧桐树叶经秋风秋雨的吹打已经零落了。梧桐雨的境界，在古典诗词中多是愁苦的境界。

3　槿花: 木槿花。此句言秋风吹, 木槿花落, 木槿变得萧条了。

4　幽闲: 沉静, 安闲。

5　悰 (cóng): 欢乐。

6　青门: 汉代长安城东南门名, 本名霸城门, 俗以门色青, 故称"青门"。

7　"相知"二句: 言朋友不在多少, 但问同心不同心。

8　"同心"二句: 言知心朋友一人离开长安, 顿觉长安城空了起来。

|延伸阅读|

池　上

［唐］白居易

小娃撑小艇, 偷采白莲回。

不解藏踪迹, 浮萍一道开。

初与元九别后，忽梦见之，及寤而书适至，兼寄[1]

[唐]

白居易

永寿寺中语[2]，新昌坊北分[3]。

归来数行泪，悲事不悲君。

悠悠蓝田路[4]，自去无消息。

计君食宿程，已过商山北[5]。

昨夜云四散，千里同月色。

晓来梦见君，应是君相忆[6]。

梦中握君手，问君意何如？

君言苦相忆，无人可寄书。

觉来未及说，叩门声冬冬。

言是商州使，送君书一封。

枕上忽惊起，颠倒著衣裳[7]。

开缄见手札[8]，一纸十三行。

上论迁谪心，下说离别肠[9]。

心肠都未尽，不暇叙炎凉[10]。

云作此书夜，夜宿商州东。

独对孤灯坐，阳城山馆中[11]。

夜深作书毕，山月向西斜。

月前何所有？一树紫桐花[12]。

桐花半落时，复道正相思。

殷勤书背后，兼寄桐花诗[13]。

桐花诗八韵[14]，思绪一何深！

以我今朝意，忆君此夜心。

一章三遍读，一句十回吟，

珍重八十字[15]，字字化为金[16]。

1 这首诗是元和五年（810）诗人在长安所作，题目中的元九即元稹。这年春天，元稹从东台来京，不数日，又被贬为江陵士曹掾，诏书下达之日，元稹与白居易不期而遇。白居易从永寿寺南送元稹至新昌里北，得以马上话别。不久，即得到元稹的书信和寄赠的"桐花诗"，白居易感怀二人的友谊，遂写下了这首诗。清人潘德舆对此诗评价极高，他说："香山与元九诗极多，'永寿寺中语'一首，如作家书，如对客面语，变汉魏之面貌而得其神，实不可以'浅易'目之者，与《寒食野望吟》，皆白诗之绝调也。乐府以外，此为称首矣。"

2 永寿寺：在长安城中部永乐坊，寺南即靖安坊北街，元稹宅在此。

3 新昌坊：由永寿寺一直东行，到延兴门内，即新昌坊，白居易宅在此。

4 悠悠：犹漫漫。蓝田：今陕西省蓝田县，在长安东偏南。

5 商山：又名商阪、地肺山、楚山，在陕西省商洛市商州区东南。由长安至江陵，蓝田、商山是必经之路。

6 "晓来"二句：晓，拂晓。古人认为自己梦见谁，也表明谁在忆念自己。

7 "颠倒"句：言听到商州来使送书信，忙得连衣服都穿颠倒了。

8 开缄：打开书函的封口。手札：亲手写的书信。

9 "上论"二句：是对书信内容的概括，言书信的上半篇写遭贬后的心情，下半篇诉说二人离别后的衷肠。

10 炎凉：犹温凉，即问寒问暖。

11 阳城山：俗名车岭山，又名马岭山，在河南省登封市东北，商洛市商州区东。阳城山馆：即阳城山的馆舍、旅馆。

12 紫桐花：桐花有白有紫，紫的叫紫桐。

13 桐花诗：即元稹所作《三月二十四日宿曾峰馆夜对相花寄乐天》诗，今存《元稹集》中。

14 八韵：即全诗八处押韵。此诗共十六句。

15 八十字：代指"桐花诗"，此诗五言十六句，共八十字。

16 字字化为金：形容白居易对元稹诗的珍重，字字如精金美玉一般。

| 延伸阅读 |

寒食野望吟

[唐] 白居易

乌啼鹊噪昏乔木，清明寒食谁家哭。

风吹旷野纸钱飞，古墓垒垒春草绿。

棠梨花映白杨树，尽是死生别离处。

冥冥重泉哭不闻，萧萧暮雨人归去。

寄元九 [1]

［唐］

白居易

一病经四年，亲朋书信断。

穷通合易交，自笑知何晚 [2]。

元君在荆楚 [3]，去日唯云远 [4]。

彼独是何人，心如石不转 [5]。

忧我贫病身，书来唯劝勉。

上言少愁苦，下言加餐饭。

怜君为谪吏，穷薄家贫褊 [6]。

三寄衣食资，数盈二十万 [7]。

岂是贪衣食，感君心缱绻 [8]。

念我口中食，分君身上暖 [9]。

不因身病久，不因命多蹇，

平生亲友心，岂得知深浅 [10]。

1　这首诗约写于元和九年（814）白居易因丁母忧居住渭村时期。诗人在渭村住了三年多，贫病交加，元稹时分俸济其困乏，时元稹被贬江陵，境况也不甚佳，对处于困境中的白居易却能解囊相助，对友人不以贫贱为转移。诗人有感于元稹的真挚情谊，于是写下了这首诗。

2　"穷通"二句：穷：处境艰难。通：即处境顺利，做官显达。易交：换朋友。旧社会有"富易交，贵易妻"的说法。此二句言按照世俗的观点，人的地位变了，合当换一下朋友，这个道理我自笑知道得太晚了。

3　元君：即元稹。在荆楚：元稹被贬江陵达四年之久，江陵是荆楚的中心，故称。

4　去日：指分别的时间。远：此作久远之远，指分别日久。

5　"彼独"二句：彼：你，指元稹。石不转：指心如磐石，不可转动。下句反用《诗经·邶风·柏舟》"我心匪石，不可转也"而正用《孔雀东南飞》"君当作磐石……磐石无转移"之意。

6　褊（biǎn）：狭小，引申为贫困。

7　二十万：唐代的治钱（铜币）二十万枚。

8　缱绻（qiǎn juǎn）：犹言缠绵，情意深厚。

9　"念我"二句：言因您念及我的衣食而周济我，使得您节衣缩食。

10　"不因"四句：蹇（jiǎn）：本为跛足，引申为艰难。此四句言如果不是因为我久病在身，不是因我命运不济，我对平生的亲友交情之深浅哪里能知道呢？

同李十一醉忆元九 [1]

［唐］

白居易

花时同醉破春愁，醉折花枝作酒筹 [2]。

忽忆故人天际去，计程今日到梁州 [3]。

注释

1　题中的李十一即李杓直。元九即元稹（字微之）。据白行简（白居易之弟）《三梦记》载：元和四年（809）三月廿一日，白氏兄弟与李杓直等春游后，至李家饮酒。这时元稹出使四川已十余日，席间，白居易忽停杯道："微之当已抵梁州了。"随即题此诗于壁上。同日夜，元稹在梁州驿馆梦见与白、李同游曲江和慈恩寺，醒后作《梁州梦》云："梦君同绕曲江头，也入慈恩院里游。属吏呼人排马去，觉来身在古梁州。"这一巧合可见元、白平时交谊之笃和别后相忆之深，是唐代诗坛上的佳话。

2　花时：花开时节，因时在三月，故云花时。酒筹：行酒令的筹码。

3　计程：计算里程。梁州：古九州之一，在今陕西汉中至四川省一带。

南浦别 [1]

[唐]

白居易

南浦凄凄别 [2]，西风袅袅秋 [3]。

一看肠一断，好去莫回头。

注释

1　这是一首送别诗。南浦即南面的水边，并非确指何处。江淹《恨赋》有"送君南浦，伤如之何"之句，后代遂以南浦作为送别之处。此诗写西风袅袅的秋天，送友人之南浦，临别依依，不忍与朋友分手，也不忍相看泪眼，但又不得不分手，只好劝友人上路快走，不要回头，忍痛分别。

2　凄凄：悲伤的样子。

3　袅袅：形容微风的吹拂。《楚辞·九歌·湘夫人》："袅袅兮秋风，洞庭波兮木叶下。"

问刘十九 [1]

[唐]

白居易

绿蚁新醅酒 [2]，红泥小火炉 [3]。

晚来天欲雪，能饮一杯无 [4]？

注释

1　这首诗是作者任江州司马时所作。约写于元和十一年或十二年。刘十九即刘轲，他曾隐居庐山，是作者在江州结识的朋友，后在元和十三年中进士。此诗写天晚欲雪之时，好友到来，此时正宜饮酒御寒，促膝夜话，诗人用征询的口气问客人："能喝一杯吗？"表现了主人的好客和主客间不拘形迹的情谊，语言平淡而情味盎然。

2　绿蚁：酒的表面呈现的绿色泡沫。古时的酒，即现在的米酒，未经过滤时，面上浮有米渣，略带淡绿色。新醅（pēi）酒：未经过滤的新酒。

3　红泥：红色的胶泥，可以搏火炉。

4　无：此作疑问词，相当于现代汉语的"否"或"吗"。

寄蜀中薛涛校书 ¹

[唐]

王 建

万里桥边女校书²，枇杷花里闭门居³。

扫眉才子知多少⁴，管领春风总不如⁵。

注释

1　这是唐代诗人王建写给薛涛的诗。薛涛字洪度，长安人，十几岁即以诗闻名，流寓蜀中，韦皋镇蜀，召其侍酒赋诗，十六岁入乐籍，成为乐妓，常出入幕府，时称女校书。当时的著名诗人王建、元稹、白居易、刘禹锡、杜牧等，均有诗与她唱和，在文期酒会之中，薛涛与诸文人建立了深厚的友谊。王建，字仲初，颍川（今河南省许昌市）人，以写新乐府和官词著名。此诗首二句叙明薛涛的居处和生涯，后两句说她领袖群伦，为才女之冠。"管领春风"四字，意兼才貌，含蕴丰富，表现出作者对女诗人的称美和羡慕。

2　万里桥：在四川成都市锦江上，万里桥边为薛涛的居处。女校书：武元衡镇蜀时，因重薛涛之才，奏薛涛为校书郎，故有女校书之称。后世称妓女为校书，其典出此。

3 枇杷花：亦作琵琶花。枇杷为常绿植物，果可食，叶可入药，以叶似琵琶而得名。因王建这首诗很有名，后世常称妓家为"枇杷门巷"。薛涛二十岁时，即脱乐籍，避居成都浣花溪畔，门前广种枇杷。

4 扫眉才子：即女才子。扫眉：描画眉目。

5 管领：掌管。

｜延伸阅读｜

十五夜望月寄杜郎中

［唐］王　建

中庭地白树栖鸦，冷露无声湿桂花。

今夜月明人尽望，不知秋思落谁家。

求　友[1]

[唐]

王　建

鉴形须明镜[2]，疗疾须良医。

若无旁人见，形疾安自知[3]。

世路薄言行，学成弃其师[4]。

每怀一饭恩，不重劝勉词[5]。

效学既不诚，朋友道日亏[6]。

遂作名利交，四海争奔驰[7]。

常慕正直人，生死不相离。

苟能成我身，甘与僮仆随[8]。

我言彼当信，彼道我无疑[9]。

针药及病源，以石投深池[10]。

终朝举善道，敬爱当行之[11]。

纵令误所见，亦贵本相规[12]。

不求立名声，所贵去瑕玼[13]。

各愿贻子孙，永为后世资[14]。

———
注释
———

1　这是一首论交友之道的诗，作者一方面批判了友道日亏的名利之交和世态的凉薄，一方面提倡"生死不相离"的正直人之交，同时主张朋友之间应互相信任，互相批评，去掉各自的"瑕玷"。作者希望这些交友的原则应传给子孙，永为后世所取资。本篇以议论为主，说理方面善于用比喻，在友谊诗中别构一体。

2　鉴形：鉴，本为镜子，古代多用铜制成，此作动词用。鉴形：照见形貌。

3　"若无"二句：以没有明镜和良医则不能知道自己的形貌和疾病为喻，说明人无朋友不可。

4　"世路"二句：薄言行：不重言行一致，学成弃其师：学业成功了便把老师忘记了。

5　"每怀"二句：言世人交友常想一饭之恩必求报答，往往不重视朋友之间的劝勉与批评。一饭恩：用韩信的典故。《史记·淮阴侯列传》载：韩信穷困时，钓于淮阴城下，有一漂母（洗衣妇人）见他饥饿，给他饭吃。韩信对漂母说："我日后必然重重报答。母怒，说："大丈夫不能自食，我是可怜你才给你饭吃，难道希望你报答吗？"后来韩信被封为淮阴侯，以千金报漂母。

6　"效学"二句：言效法学习韩信的一饭之恩必报既然不是出自诚心，那么朋友之道就日见衰微了。

7　"遂作"二句：遂：于是。两句意谓有些人为着个人的名利而交朋友，为此不惜四处奔走。

8　"苟能"二句：意谓谁若能使我自身完善，我甘心与他的奴仆为伍。

9　"我言"二句：我说的话他应当相信，他说的话我也相信无疑。

10　"针药"二句：针：针灸。药：药物。及：达到。病源：病根。此二句言要对症下药就像石块投入深池一样准确。比喻对朋友的毛病要及时纠正并找出错误的根源。

11　"终朝"二句：言经常向朋友推举善言善行，使朋友敬爱善道并付诸实践。

12　"纵令"二句：言即使朋友看法有错误，也应贵在规劝。

13　瑕玼：缺点，毛病。玼：玉上的斑点。

14　贻：赠送，流传。资：取用。

江楼感旧 ¹

[唐]

赵　嘏

独上江楼思渺然 ²，月光如水水如天。

同来望月人何处？风景依稀似去年 ³。

——
注释
——

1　这是一首怀友诗。在一个月光如水的夜晚，诗人独自登楼，因忆故友而情思渺然。第三句笔锋陡转，交代出"思渺然"的缘由：原来诗人在去年曾与友人同赏江楼夜月，今年却是独自登楼了。风景相似，而人事不同，抚今追昔，因景及情，是一篇浑然天成的佳作。

2　江楼：临江之楼，非专指。渺然：指情思的浩渺无际。

3　"同来"二句：言去年同来登楼望月的故人不知今在何处，眼前的风景仿佛与去年相似。

板桥晓别 [1]

[唐]

李商隐

回望高城落晓河 [2]，长亭窗户压微波 [3]。

水仙欲上鲤鱼去 [4]，一夜芙蓉红泪多 [5]。

———
注释
———

1 这首诗约写于大中三年（849），时作者三十七岁，是一位留别诗。前三句说自己即将离去，末句就女方而言。这位女子是位狭邪女子，她与诗人之间友情甚笃，所以将分别场面写得一往情深。纪昀说："此狭邪留别之作，妙不伤雅。"板桥有三处，一在南京附近，一在云南，一在汴梁（今河南省开封市）城西三十里中牟之东。从李商隐的行踪来看，当是开封西的板桥。

2 回望：回头望。高城：指开封城。落晓河，指银河在拂晓时已隐没。此句可见那位钟情女子送行之远，她是从开封出发而送至三十里外的板桥的。

3 长亭：送别之所，多在城郊，十里为长亭，五里为短亭。微波：因银河向晓将隐没，但隐然可见，故称"微波"。"压"

字表示此时银河位置极低。

4 水仙：指琴高。《列仙传》载：赵人琴高，行涓彭之术（神仙及长生之术），浮游冀州、涿郡之间二百余年，后入涿水中取龙子，与弟子约会说："你们斋戒、设祠在水傍等我。"后来果然乘赤鲤而来，出坐祠中，观者万余人，一月后，又入水而去。作者用此典故，喻指自己与这位女子邂逅相逢之后，复又离去。

5 芙蓉：比女子容貌。红泪：指佳人伤心之泪。典出《拾遗记》：魏文帝所爱美人薛灵芸，听说要与父母分别，觑歔累日，泪下沾衣。至升车就路之时，以玉唾壶承泪，壶则红色。及至京师，壶中泪凝如血。此句写女子伤别时极端痛苦。

| 延伸阅读 |

夜雨寄北

［唐］李商隐

君问归期未有期，巴山夜雨涨秋池。

何当共剪西窗烛，却话巴山夜雨时。

闻永叔出守同州寄之 [1]

［宋］

梅尧臣

冕旒高拱元元上 [2]，左右无非唯唯臣 [3]。

独以至公持国法 [4]，岂将孤直犯龙鳞 [5]。

茱萸欲把人留楚 [6]，苜蓿方枯马入秦 [7]。

访古寻碑可销日 [8]，秋风原上足麒麟 [9]。

注释

1　这是梅尧臣（1002—1061）听说他的好友欧阳修（字永叔）
遭到诽谤被贬同州时所写的一首诗，从《宋史·欧阳修传》
来考察，此诗约写于至和元年（1054）八九月间。欧阳修被
贬作地方官历时十一年，回到京城头发都白了，仁宗不禁有
些恻然，把他留在京城负责铨选九品以上的官员。这一决定
立即引起小人们的猜忌，此时，欧阳修上了一份《论权贵子
弟冲移选人》的札子，惹恼了权门豪贵。又加此时汴京流传
署名欧阳修所奏的"乞汰内臣"的札子，朝中的太监也对欧
阳修切齿痛恨。这样，欧阳修在职几天突然又贬知同州，由

于有人说情，才被留在京城，奉诏修治《唐书》。此诗就是在这种背景下写的，作者为友人大鸣不平。为了友人，他不怕得罪权贵。

2 冕旒：古代帝王、诸侯及卿大夫的礼冠。内黑外红。盖在顶上的叫延；以五彩缫绳穿玉，垂在延前的叫旒。天子之冕十二旒，诸侯九，上大夫七，下大夫五。南北朝以后只有皇帝用冕，遂以为皇帝的代称。此指皇帝。高拱：被高高地拱卫。元元：指人民。此句言皇帝高踞于人民之上。

3 唯唯臣：即伏首听命、唯唯诺诺之臣。

4 至公：以大公无私为最高原则。

5 孤直：孤高正直。犯龙鳞：得罪皇帝。

6 "茱萸"句：古时九月九日有把茱萸的习惯，"茱萸欲把"，指重阳将至。人留楚：此时作者在宣城（今安徽省宣城市），古时此地属楚，故言"人留楚"。此句言作者情况。

7 苜蓿方枯：指秋季。马入秦：言欧阳修将登马西入秦地，指被贬同州（今陕西省大荔县），同州古代属秦地。

8 "访古"句，时欧阳修正搜集古文物撰《集古录》，故作者为欧宽解，劝他在访古寻碑的生活中消磨时日。

9 秋风原上：指欧阳修即将去的同州一带的原野。足麒麟：言其地文物颇多。麒麟本传说中的仁兽，这里指石麒麟，以此代指历史文物。陕西一带，是古代文物较集中的地区。

五月二十日夜梦尹师鲁¹

[宋]

梅尧臣

昨夕梦师鲁，相对如平生。

及觉语未终，恨恨伤我情²。

去年闻子丧，旅寄谁能迎³。

家贫儿女幼，迢递洛阳城⁴。

何当置之归，西望泪缘缨⁵。

注释

1　此诗写于庆历八年（1048）五月二十一日。尹师鲁即尹洙，
洛阳人，他是作者的好友，庆历七年卒于南阳。此诗写梦中
见亡友，引起自己的伤心，念及尹洙死后一年尚未还葬，家
贫子幼，尹洙的灵柩尚在南阳，与洛阳相距很远，家属无力
使其归葬，诗人感到忧心忡忡，不觉泪流。表现出对亡友的
一片真情和对尹洙家属子女的关切。

2　"及觉"二句：言到了梦醒之时二人梦中对语尚未结束，

故感到恨恨伤情。

3 旅寄：暂寄灵柩于死地，未能归葬。迎：指迎其灵柩还乡。

4 迢递：遥远。尹洙死在南阳，家在洛阳，故言"迢递洛阳城"。

5 "何当"二句：置：安置。之：指尹洙的灵柩。缨：指系帽子的带子。

|延伸阅读|

送张著作器宰蕲水

［宋］梅尧臣

予闻楚山竹，肉好发亦匀。

陇上风雪饱，石根莓苔皴。

搜林剪横吹，龙子愁水滨。

作邑尚简易，岂必蹈昔人。

愿为季长赋，安用瑶与珉。

赠王介甫 [1]

［宋］

欧阳修

翰林风月三千首 [2]，吏部文章二百年 [3]。

老去自怜心尚在，后来谁与子争先 [4]。

朱门歌舞争新态 [5]，绿绮尘埃试拂弦 [6]。

常恨闻名不相识，相逢樽酒盍留连 [7]。

———

注释

———

1　此诗为欧阳修（1007—1072）在至和二年（1055）所作。
王介甫即王安石（1021—1086），经过曾巩的推荐，至和二
年初欧、王始相识。欧比王大十四岁，他们的友谊可谓忘年
之交。诗中赞美了王安石的诗文，结尾两句表现出作者与王
恨相识之晚与杯酒联欢的光景。

2　翰林：文学侍从之官，此指李白。风月：清风明月，指美
好的景色。三千首：指李白的存世作品，李作一千多篇，此
乃举其成数。

3　吏部：官署名，管文职官吏定勋级及职务升降之事。《茗

溪渔隐丛话前集》卷三十引《漫叟诗话》云："欧公有诗与王荆公云：'翰林风月三千首，吏部文章二百年。'文忠所谓吏部乃谢吏部也，后人疑荆公有韩公之句，遂以为韩吏部，非也。此二联政不相参涉。"苕溪渔隐曰："齐吏部侍郎谢朓，以清词丽句动于一时，长五言诗，与沈约友善，约尝谓二百年来无此诗，欧公所用乃此事，见《南史》。"其实韩愈至欧阳修写此诗时已逾二百年，吏部当指韩吏部。王安石答诗有"终身何敢望韩公"之句，即是针对"吏部文章二百年"句而发。以上两句，借古人赞美王安石诗文。

4　"老去"二句：言我虽老了但自觉推贤进士之心未改，后来居上，不知谁可与你一争先后。

5　朱门：指豪门贵族，此句以当时的豪门歌舞追求新样，以喻指当时的文坛失古道古文。

6　绿绮：古代的名琴之一。晋傅奕《琴赋序》："楚王有琴曰绕梁，司马相如有绿绮，蔡邕有焦尾，皆名琴也。"绿绮尘埃：以古名琴无人问津以至被尘封，比喻古文之不兴为时已久。拂弦，指弹琴，喻王安石诗文存古道古风。

7　"常恨"二句：二句言过去常闻您的大名而未曾见面，到一起了怎能不杯酒留连，畅饮一番呢！

送张生 [1]

［宋］

欧阳修

一别相逢十七春，颓颜衰发互相询 [2]。

江湖我再为迁客 [3]，道路君犹困旅人 [4]。

老骥骨奇心尚壮 [5]，青松岁久色逾新 [6]。

山城寂寞难为礼 [7]，浊酒无辞举爵频 [8]。

注释

1　这是作者赠送给张生（其名不详）的一首诗。从诗中可知，作者与张生是分别了十七年的老朋友，二人在人生的道路上都遇到一些波折，故能同病相怜。"老骥"两句，表示彼此壮心未已，友谊如青松一样，恒常如新。结尾两句，写二人相对饮酒，频频举杯，以庆幸一对老友重逢。

2　颓颜衰发：喻彼此的年老，脸上有老相，鬓发已变白变稀了。

3　迁客：指一再遭贬，流徙不定。

4　君：指张生。困旅人：困于羁旅的人，指其漂泊与落泊。

5 骨奇：骨气奇高。此句化用曹操《龟虽寿》"老骥伏枥，志在千里；烈士暮年，壮心不已"四句诗意。

6 色逾新：青青之色恒常如新。

7 难为礼：难以在礼貌上周全，此是客气话。

8 浊酒：未经滤过的酒。无辞：勿要推辞。举爵频：频频举杯。爵为酒杯。

| 延伸阅读 |

戏答元珍

[宋]欧阳修

春风疑不到天涯，二月山城未见花。

残雪压枝犹有桔，冻雷惊笋欲抽芽。

夜闻归雁生乡思，病入新年感物华。

曾是洛阳花下客，野芳虽晚不须嗟。

江上怀介甫 [1]

[宋]

曾 巩

江上信清华，风月亦萧洒 [2]。

故人在千里，樽酒难独把 [3]。

由来懒拙甚，岂免交游寡 [4]。

朱弦任尘埃，谁是知音者 [5]？

注释

1　这是曾巩（1019—1083）怀念王安石的一首诗。曾巩在庆历二年（1042）左右，曾向欧阳修数次推荐王安石，后来又在《再论火灾状》中对王安石加以荐举说："太常博士群牧判官王安石，学问文章，知名当世，守道不苟，自重其身，议论通明，兼有时才之用，所谓无施不可者。"王安石后来参知政事，实行新法，当时曾巩出守越州，其后转走六郡，在外十二年。从曾巩的《过介甫归偶成》诗中所言："心交谓无嫌，忠告期有补。直道讵非难，尽言竟多迕。知者尚复然，悠悠谁可语"来看，他对新法有些保留，对王有过忠告，但政见的分歧，

并未影响他们之间的友谊。

2 信：确实。清华：风清月华。萧洒：清丽，凄清。

3 "故人"二句：言友人王安石在千里之外，念及故友，独酒难以把杯。

4 "由来"二句：作者自言生性就懒惰憨直，所以难免交友甚少。

5 "朱弦"二句：朱弦即染成红色的琴弦。鲍照《代白头吟》："直如朱丝绳，清如玉壶冰。"《文选》李善注："朱丝，朱弦也。"上句喻直道不行，下句谓知音难遇。唯其知音难遇，更增对知心朋友的怀念。

| 延伸阅读 |

池上即席送况之赴宣城

[宋] 曾 巩

池上红深绿浅时，春风荡漾永逶迤。

南州鼓舞归慈惠，东观壶觞惜别离。

远岫烟云供醉眼，双溪鱼鸟付新诗。

陵阳岂是迟留地，趣驾追锋自有期。

思王逢原三首（选一首）¹

[宋]

王安石

布衣阡陌动成群²，卓荦高才独见君³。

杞梓豫章蟠绝壑⁴，骐驎騕褭跨浮云⁵。

行藏已许终身共⁶，生死那知半路分⁷。

便恐世间无妙质⁸，鼻端从此罢挥斤⁹。

注释

1　王逢原即王令，他是圣和二年（1055）王安石由舒州入京途中经高邮时发现的人才。"以为可以任世之重而有功于天下者"（王安石《王逢原墓志铭》）。但王令却终生不应举，不做官，他的一生是在"吾食无田，我居无庐"（《王令集·言归赋》）中度过的。他的诗文反映了当时人民生活的困苦，表达了诗人对阶级对立、贫富悬殊的强烈不满。这是一个颇有叛异性格的年轻诗人。王安石把他引为同志，并把自己的妻妹嫁给他。嘉祐四年（1059），年仅二十八岁的王令因贫病死于常州。这使王安石极为悲痛，写了《思王逢原三首》，

此为第一首。一个布衣终生的青年人，竟得王安石如此厚爱，可见王安石交友已摆脱了势力名位的束缚而能以道义交之。

2 布衣：指未做官的人。阡陌：本为田间小路，此指民间或田亩之中。动成群：言其多。

3 卓荦：卓绝不群。君：指王逢原。

4 杞梓：指杞和梓两种优质木材。用以比喻优秀人才。豫章：木名，豫即枕木，章即樟木，生长七年之后而有分别。一说豫章即樟木，常用以比喻有用之才。蟠绝壑：蟠根于极深的沟壑之中。此句隐用左思《咏史》"郁郁涧底松，离离山上苗，以彼径寸茎，荫此百尺条"诗意，比喻贫贱有才之士，如生于深谷中的大树，不易发现其高大。

5 骐骥：良马名，能日行千里。騕袅（yǎo niǎo）：神马名，能日行万里。跨浮云：驰骋天空。此句比喻王逢原有盖世之才。

6 行藏：指出处或行止。《论语·述而》："子谓颜渊曰：'用之则行，舍之则藏，唯吾与尔是有夫。'"意谓出仕则行其所学之道，否则退隐藏道以待时机。此句言二人已约定终身共行止。

7 "生死"句：言生死之交哪知半路分手了。或我生君死，那知半路分张。

8 妙质：指王逢原之才，犹言高才。

9 "鼻端"句：用《庄子》的典故。《庄子·徐无鬼》载："庄子送葬，过惠子之墓，顾谓从者曰：'郢人垩（白垩）慢（污）其鼻端若蝇翼，使匠石斫（砍削）之。匠石运斤（斧）成风，听（不看听声而斫）而斫之，尽垩而鼻不伤，郢人立不失容。宋之君闻之，召匠石曰：'尝试为寡人为之。'匠石曰：'臣则尝能斫之。虽然，臣之质（对手）死久矣。'自夫子之死也，吾无以为质矣，吾无与言之矣。"庄子用匠石斫垩的故事，说明自己的朋友惠施死后，没有可言谈的对手了。此诗用此典，说明作者失去王逢原这样的朋友，就像匠石失去郢人一样，从此孤掌难鸣。

｜延伸阅读｜

送和甫至龙安微雨

［宋］王安石

荒烟凉雨助人悲，泪染衣襟不自知。

除却春风沙际绿，一如看汝过江时。

梦张剑州 ¹

［宋］

王安石

万里怜君蜀道归²，相逢似喜语还悲。

江淮别业依何处³？日月新阡卜几时⁴？

自说曲阿犹未稳⁵，即寻溢水去犹疑⁶。

茫然却是陈桥梦⁷，昨日春风马上思⁸。

———

注释

———

1　这是作者怀念友人张剑州（姓张，曾做到剑州知州，其名不详）的一首诗。诗人因昨日春风马上思念友人，因思成梦，梦见友人从四川归来，相逢对语，悲喜交集，正与朋友商量在何处营建别墅。梦醒之后，方知在陈桥驿做了一梦，心中不禁有无限的惆怅。

2　蜀道归：自四川归来。剑州在今四川省剑阁县，故云。

3　别业：别墅。

4　新阡：新筑的墓道。杜甫《故武卫将军挽诗》："新阡绛水遥。"此句言与朋友计划着几时占卜何月何日动工修筑新的墓道。古时人常常在生时为自己选定墓地。

5　曲阿：即今江苏省丹阳市。此句言别业打算建在曲阿，但觉有些不妥，尚未定下来。

6　溢水：一名龙开河，源出江西省瑞昌县清溢山，亦名溢浦，东流经县南至九江市西，北流入长江。此句言打算在溢水附近营建别业但还犹疑未定。

7　陈桥：即陈桥驿，在今河南省开封市东北的陈桥镇，赵匡胤曾在此发动兵变，建立宋朝。在北宋时为汴京至河北大名府的第一个驿站。此句言醒来之后才知在陈桥驿做了一场梦。醒后有茫茫然的感觉。

8　"昨日"句：言昨天在春风中骑马出行思及友人，日有所思，故夜有所梦。

| 延伸阅读 |

示长安君

[宋] 王安石

少年离别意非轻，老去相逢亦怆情。

草草杯盘共笑语，昏昏灯火话平生。

自怜湖海三年隔，又作尘沙万里行。

欲问后期何日是，寄书应见雁南征。

正月二十日往岐亭，郡人潘古郭三人送余于女王城东禅庄院[1]

[宋]

苏　轼

十日春寒不出门，不知江柳已摇村[2]。

稍闻决决流冰谷[3]，尽放青青没烧痕[4]。

数亩荒园留我住，半瓶浊酒待君温[5]。

去年今日关山路，细雨梅花正断魂[6]。

———

注释

———

1　此诗为元丰四年（1081）所作。苏轼因"乌台诗案"发被贬黄州（今湖北省黄冈市）。他在黄州与市民阶层的小人物结为朋友，诗题中的潘、古、郭三人，即潘大临（开酒店为业）、古耕道（无业游民）、郭遘（以卖药为业）。诗人到黄州后生活困难，他们给了苏轼不少帮助。在友人的帮助下苏轼申请了一片荒芜的旧营地数十亩，除草开荒，掘井筑室，躬耕其中，自号"东坡居士"。此诗从一个侧面描写了与这一帮朋友的友谊。

2　摇村：飘摇于村庄、田野。

3　决决：水流动的样子。王建《温泉宫行》："温泉决决出宫流。"韦应物《悬斋》："决决水泉动，忻忻众鸟鸣。"

4　放青：指草色发绿生长。没烧痕：掩盖了去年被火烧的痕迹。

5　"数亩"二句：写作者与诸人的友谊。上句似指在朋友的帮助下，得荒地数十亩，筑室躬耕其中事。下句言用半瓶浊酒温热招待客人，显出主客之间不拘形骸，能以诚相待。

6　"去年"二句：苏轼于元丰三年（1080）正月初一从东京（今河南省开封市）奔赴贬所黄州，正月二十日尚在途中，故回忆去年今日在路上的情景。

| 延伸阅读 |

东　坡

［宋］苏　轼

雨洗东坡月色清，市人行尽野人行。

莫嫌荦确坡头路，自爱铿然曳杖声。

喜刘景文至 [1]

[宋]

苏 轼

天明小儿更传呼 [2]：髯刘已到城南隅 [3]。

尺书真是髯手迹，起坐熨眼知有无 [4]。

今人不作古人事，今世有此古丈夫 [5]！

我闻其来喜欲舞，病自能起不用扶。

江淮旱久尘土恶，朝来清雨濯鬓须 [6]。

相看握手了无事，千里一笑毋乃迂 [7]？

平生所乐在吴会，老死欲葬杭与苏 [8]。

过江西来二百日，冷落山水愁吴姝 [9]。

新堤旧井各无恙 [10]，参寥六一岂念吾 [11]？

别后新诗巧摹写，袖中知有钱塘湖 [12]。

1　此诗写于元祐六年（1091）冬天。时苏轼知颖州（今安徽省阜阳市）。刘景文，名季孙，河南祥符（今开封市祥符区）人。博学能诗，苏轼与他关系密切，对他很推许，而且表荐过他，曾誉之为"慷慨奇士"，比之汉时孔融。这年冬天，刘景文千里迢迢来专门拜访苏轼，对于有朋自远方来，苏轼非常高兴，不觉扶病而起，把喜客的心情表现得十分生动。

2　更：数次。

3　髯刘：指刘景文，刘美髯，故称髯刘。下句的髯亦指刘。以上两句是小儿接到刘景文的书信向苏轼禀报。

4　熨眼：又作慰眼、喂眼，意即饱看。此句言苏见友人书，知友人来，高兴地从床上起来，反复细看，喜极生疑，怕是梦中情境。

5　"今人"二句：是作者的议论。言今人做事与古人不同，古人重交情，今人重势利，像刘景文这样能保持古风的人物实在难得。

6　"江淮"二句：江淮代苏轼居地颖州。上句言此地久旱不雨，下句言今朝清雨淋湿了友人的须发。象喻故人久别归来，如久旱得雨。

7　"相看"二句：写二人相见之后一握手便了事，千里相逢，一笑置之，看来不是太迂腐吗？实际是满腔心腹事，尽在不言中。

8　吴会："吴"指苏州一带，因其地为古吴国，故称。"会"指会稽，今浙江杭州一带。

9　"过江"二句：苏轼元祐六年二月离开杭州，至本年十一月故朋来颖州，正好二百多天。下句写离开杭州之后，不免冷落了吴地的山水，与作者有交往的吴娃越女，也因寂寞而感到发愁。

10　新堤：指作者在杭州时所建的湖堤，即今西湖有名的"苏堤"。旧井：指作者在杭时重修的唐代六井，其中著名的"龙井"即六井之一。

11　参寥：即参寥泉，在杭州西湖智果寺，因宋僧参寥子道潜居此而得名。六一：即六一泉。宋代的六一泉有两个：一在安徽省滁州市西南醉翁亭畔，本名玻璃泉，欧阳修守滁，爱其莹洁，用其别号"六一居士"改名此泉为"六一泉"。一在杭州西湖孤山下。欧阳修与西湖僧惠勤关系友好，后苏轼守杭州，有泉出惠勤讲堂之后，苏轼怀念欧阳修，因命此泉曰"六一泉"。此处所言当为杭州的"六一泉"。以上六句写苏轼对杭州的怀念。

12　"别后"二句：写苏轼离开杭州后，将用诗歌巧于描写杭州的美景，这些诗可以纳于袖中随时向人出示。此二句本于白居易《咏故衫诗》："袖中吴郡新诗本，襟上杭州旧酒痕。"钱塘湖：西湖的别名。西湖在汉代叫明圣湖，以其在钱塘境，又名钱塘湖。唐以后方称西湖。

约 客[1]

[宋]

赵师秀

黄梅时节家家雨[2]，青草池塘处处蛙[3]。

有约不来过夜半，闲敲棋子落灯花[4]。

注释

1　赵师秀，永嘉人，字紫芝，号灵秀，为"永嘉四灵"之一。
此诗描写在一个黄梅时节的雨夜，与朋友约会，朋友夜半未至，
只好独自摆棋子、看灯花，把急盼友人归来的心情，通过小
景表现得十分真切。

2　黄梅时节：夏初梅子黄的季节，此时江南一带多雨，又称
梅雨季节。

3　处处蛙：到处均可听到青蛙的叫声。以上两句写江南水乡
初夏之景。

4　"闲敲"句：写夜半的孤独寂寞之感。因闲而无事，故轻
敲棋子，因棋子动，使灯花震落。

寄张季思 [1]

[宋]

翁 卷

荆吴中隔万山遥 [2]，那得相逢话寂寥 [3]。

长忆梅花好时节，访君船泊古枫桥 [4]。

——
注释
——

1　这是作者写给他的友人张季思的一首诗，诗中表达了对友人的思念之情。两人一个在吴地，一个在荆楚，相隔万水千山，不能相逢共话以慰寂寥。三、四两句将笔调一转，回忆昔日互相造访共赏梅花的一段往事，别有一番情趣。翁卷字灵舒，是"永嘉四灵"之一。

2　荆：指楚地，在今湖北一带。吴：指古代吴国的封地，在今江苏南部及浙江北部一带。

3　话寂寥：寂寥指别后彼此的孤独寂寞。话寂寥指聊叙别后情景。

4　古枫桥：旧称封桥，在苏州阊门外三公里的枫桥镇，地近寒山寺，因唐代诗人张继《枫桥夜泊》而出名。

道中忆胡季怀¹

[宋]

周必大

珍重临分白玉卮²，醉中那暇说相思³？

天寒道远酒醒处，始是忆君断肠时⁴。

———

注释

———

1　周必大，南宋庐陵人，字子充，一字洪道，曾为右丞相，封济国公。一生著述甚多。此诗写与友人胡季怀分手后思念友人的情景。作者与友人在分别之际彼此都很珍重这次举杯话别的机会，因此都喝醉了酒，无暇叙说相思之情。及至酒醒之后，友人已经走远了，念及远去的友人，不觉为之断肠。此诗构思十分巧妙。言有尽而意无穷。

2　白玉卮：以白玉做的小酒杯。

3　那暇：哪里有空。实即无暇。

4　"天寒"二句：切题目中的"道中"，故言"道远"。这两句把临别之际因醉未叙的相思之情，在道远处酒醒之后补写出来。

夜归偶怀故人独孤景略¹

[宋]

陆　游

买醉村场夜半归，西山月落照柴扉²。

刘琨死后无奇士，独听荒鸡泪满衣³。

———

注释

———

1　此诗为作者在绍熙元年（1190）秋天退居山阴时所作。诗
中怀念的故人独孤景略景略，河中人，工文章，善骑射。陆
游在蜀中时与他结为朋友，推之为一世奇士（见《剑南诗稿》
卷十四）。诗人写此诗时景略已死，念及一世奇士已死，再
没有这样一位志同道合力图收复中原的朋友，因此不禁伤情
而泪满衣衫。

2　"买醉"二句：写自己夜饮归家。买醉：沽酒以求一醉。
西山月落：表示夜已过半。柴扉：以荆柴编织而成的门扉。

3　"刘琨"二句：用"闻鸡起舞"的典故。据《晋书·祖逖传》
载：祖逖与刘琨为司州主簿时，情好绸缪，共被同寝。中夜
闻荒鸡鸣，蹴琨觉，曰："此非恶声也。"因起舞。作者用刘、
祖两位西晋时北伐名将的故事，比喻独孤景略与己皆志在

收复中原，如同刘、祖一样，如今独孤已死，自己失去一位共同奋励的朋友。荒鸡：夜间不按时鸣叫的鸡。

| 延伸阅读 |

村舍书事

［宋］陆　游

纸窗百衲地炉红，围坐牛医卜肆翁。

时节杯盘来往熟，朝晡盐酪有无通。

男丁共结春耕耦，妇女相呼夜绩同。

老子颓然最无事，客归自策读书功。

秋晚闲步，邻曲以予近尝卧病，皆欣然迎劳¹

[宋]

陆　游

放翁病起出门行，绩女窥篱牧竖迎²。

酒似粥酽知社到³，饼如盘大喜秋成⁴。

归来早觉人情好，对此弥将世事轻⁵。

红树青山只如昨，长安拜免几公卿⁶？

———

注释

———

1　这是绍熙四年（1193）晚秋时节诗人闲居山阴所作。诗中表现了故乡劳动人民对诗人的关怀。他一出门，便受到人们的欢迎，并用社酒与麦饼款待他，他极为珍重这种友情。对比之下，他觉得官场中充满尔虞我诈，不如民间人情好，因此对官场的庸俗生涯表示轻视与冷淡。"邻曲"即邻居。"迎劳"含迎接、款待、慰问之意。

2　绩女：从事纺织的妇女。窥篱：倚竹篱而探视诗人，此二句既生动，又形象，写出民间女子的羞涩和好奇。牧竖：牧童。

3 "酒似"句：社：即社日，古代祭神的节日，分春社及秋社。分别以立春及立秋后的第五个戊日为社日。社日祭神后饮酒。此酒为未曾滤过的米酒，故云酽（nóng）似粥。

4 饼：用麦面做的饼子。秋成：秋熟，秋天丰收。

5 弥：更加。世事：指官场之事。

6 "红树"二句：红树似指被秋霜染红了的树木，如枫树一类。长安：代指京城。拜免：任用和罢免。两句言乡间风景依旧，谁管他京城里换了几个公卿。

| 延伸阅读 |

怀　昔

［宋］陆　游

昔遇高皇帝，华缨接俊游。

年光一弹指，世事几浮沤。

故国但青嶂，羁臣今白头。

平生笑李广，痴绝望封侯。

寄江南故人 [1]

[宋]

家铉翁

曾向钱唐住[2]，闻鹃忆蜀乡[3]。

不知今夕梦。到蜀到钱唐[4]？

——

注释

——

1 家铉翁：南宋末眉山（今属四川）人，字则堂，曾在临安（今杭州）为端明殿学士，签书枢密院事。他曾奉命使元，被留馆中，闻宋亡，旦夕哭泣不食，元欲加官于他，不受。此诗可能写于使元期间，他怀念的江南故人，不仅是对朋友的怀念，也含有故国之思与黍离之悲。蜀是他的故乡。钱唐代指临安，是故都之所在。

2 向：去，到。钱唐：指钱唐故城，唐以后因唐为国号，遂加土为塘。其故城有三：一在杭州的钱塘门外；一在钱塘门内；一在纪家桥华严寺故址，今皆不存。此用钱唐代指南宋都城临安。

3 闻鹃：听到杜鹃的啼叫声。忆蜀乡：思念在蜀的眉山故乡。

4 "不知"二句：言不知我今夜之梦，是梦见故都的朋友呢，还是梦见故乡的友人。

寒　夜 [1]

[宋]

杜耒

寒夜客来茶当酒 [2]，竹炉汤沸火初红 [3]。

寻常一样窗前月 [4]，才有梅花便不同 [5]。

注释

1　这首小诗反映了主人公对寒夜之中老朋友来访的喜悦心情。客人在寒夜之中不速而至，主人拿茶当酒来款待客人，可见他们是交情深厚不讲虚套的老朋友。两人围炉谈心，窗前共话，偷眼看窗外，数枝梅花傲寒而开，给寒夜带来了盎然的春意。月映梅花不仅点缀出夜色之美，更重要的是诗人用"才有梅花"象喻朋友的到来，别有情趣。此诗朴素淡雅，含蕴丰富，语短情长，是一首优秀的抒情诗。作者杜耒，字子野，号小山，旴（xū）江（今江西省抚州市临川区）人。在南宋嘉熙年间（1237—1240），做过太府卿许国的幕僚，后与许国一起死于"事变"中。

2　茶当酒：以茶代酒，此句表示对客人招待的简易。

3　竹炉：外用竹子编织内塘泥巴的火炉。汤沸：开水沸腾。

此句暗含主人的热情。

4　"寻常"句：言窗前月色和平时一样。

5　才有梅花：指刚开放的梅花。

| 延伸阅读 |

送吴太博赴莆中

[宋] 杜　耒

贵为五马只儒酸，都说先生大耐官。

去国十年虽已久，爱君一念不曾寒。

定知前辈如公少，好与今人作样看。

归日不须囊薏苡，以书堪录荔堪乾。

呈小村 [1]

［宋］

文天祥

予自剑进汀 [2]，小村过清流来迎 [3]，不图此生复相见。

万里飘零命羽轻 [4]，归来喜有故人迎。

雷潜九地声元在 [5]，月暗千山魄再明 [6]。

疑是仓公回已死 [7]，恍如羊祜说前生 [8]。

夜阑相对真成梦 [9]，清酒浩歌双剑横 [10]。

———

注释

———

1　此诗约写于景炎元年（1276）年底。文天祥《集杜诗·汀州》序说："予在剑，朝廷严趣之汀，十月行。"他大约十一月到汀州。在福建的清流县，遇见他的同村邻居、亲密战友刘小村（名沐，字渊伯，号小村）来迎接他。江西的忠义之士，都是小村所号召聚集起来的。他与作者会师汀州后，曾专将一军，为督帐亲卫，《宋史·忠义传》有《刘沐传》。作者与少年时代的好友异地相逢，经过九死一生的磨难，他们的相见如在梦中，他们所想的是抗敌大业，希望积蓄力量，东山再起。结句的"清酒浩歌双剑横"既是战斗友谊的讴歌，又见其英雄本色，读之十分感人。

2 自剑进汀：从剑州到汀州。此处的剑州指宋代的南剑州，治所在今福建省南平市。文天祥在南剑州曾聚兵财为恢复江西奔走。景炎元年十月，朝廷命他急赴汀州（今福建省长汀县）。

3 清流：宋置县名，在福建西部九龙溪流域，与汀州相距不远。明清时其地属汀州府，县名已取消。

4 命羽轻：生命轻如羽毛。

5 雷潜：用《易·复》："雷在地中，复"的典故。《易传》对于雷的解释不科学，认为大陆地区，天寒时雷在地中，天暖时雷出地上，雷在地中是雷复返其原处，故曰复。九地：大地的极深之处。此句喻小村收拾旧部，尚蓄其抗元的力量，现在虽藏而不露，必将待时而动。

6 魄再明：魄指月光。古代对月的圆缺变化解释不科学，认为月中有魄，魄三日生成，《礼记·月令》说："月者三日成魄。"魄生明死，十五日之夜叫"哉生魄"。月魄死后可以复苏，朔日（初一）即月之复苏之日，朔者，苏也。此用月魄死后可以复苏，喻抗元失败后还可东山再起。

7 "疑是"句：仓公，即汉代的淳于意，他曾仕齐为太仓长，世称仓公。他精于医术，传说有起死回生之术。作者用此典，说明自己多次从死中逃生，好像是由能够起死回生的仓公救活似的。

8 "恍如"句：晋干宝《搜神记》载：羊祜五岁时，令乳母取他玩过的金环。乳母说："你以前无此物。"羊祜即到邻人李氏东垣桑树中，取出金环。主人惊曰："此是吾死去的儿子所丢失之物，你怎么把它拿走？"乳母将情况完全告诉李家，李氏不胜悲惋，时人对此事也感到很奇怪。作者用此典，表示如今与好友相见，恍若隔世。

9　夜阑：夜深。此诗化用杜甫《羌村三首》"夜阑更秉烛，相对如梦寐"诗意。

10　"清酒"句：写与故人相见时以诗酒相酬，各将宝剑横于座前，大唱慷慨悲壮之歌。

|延伸阅读|

赠阎丘相士

［宋］文天祥

急流勇退识真腥，昔有麻衣拨地炉。

我亦爱君云水趣，莫言雷雨赳江湖。

寄英上人[1]

［金］

元好问

世事都消酒半醺[2]，已将度外置纷纭[3]。

乍贤乍佞谁为我[4]？同病同忧只有君[5]。

白首共伤千里别，青山真得几时分[6]。

相思后夜并州月，却为汤休赋碧云[7]。

———
注释
———

1　这首诗似作于元好问晚年回乡隐居之时。上人是对僧人的敬称。英上人的生平不详，从诗中可知，他是作者的知心朋友，故有"同病同忧只有君"之句。元好问为金臣，元灭金后不再做官，成为金朝遗民。

2　"世事"句：半醺：半醉。此句言饮酒到半醉的程度人间之事都忘却了。实际上是借酒浇愁。

3　"已将"句：纷纭，指繁杂的世事。此句为倒装句法，言已将繁杂纷纭之事置之度外。

4　"乍贤"句：写世俗不能保持操守的人忽而好、忽而坏，谁能成为我的朋友?

5　同病同忧:犹言同呼吸共患难。君,指英上人。

6　青山:树木青翠之山,非专指。此句写分别之难,送别于青山,不忍遽然分手,故言"青山真得几时分"。兼有以青山隐喻友情之意,暗用刘长卿《秦系顷以家事获谤因出旧山感其流寓诗》"回首江南岸,青山与旧恩"意。

7　"相思"二句:并州,即今山西太原一带,旧时的太原府。汤休:即南朝宋代诗僧汤惠休,与鲍照同时,有所谓"休鲍之论"。碧云:指"日暮碧云合,佳人殊未来"诗,这不是惠休的作品,而是江淹《拟休上人》诗中的名句,施国祁《元遗山诗集笺注》径作惠休诗是错误的。为惠休赋碧云的是江淹,元好问用此典,以汤休指喻英上文,以己之作诗寄英上人,比作江淹《拟休上人》诗,以示对英上人的怀念。二句言因怀念友人以致夜半之后尚不能入睡,面对并州之月,却为友人赋此诗以示相思之情。

别纬文兄 [1]

[金]

元好问

玉垒浮云变古今 [2]，燕城名酒足浮沉 [3]。

眼中谁复承平旧 [4]？言外惊闻正始音 [5]。

异县他乡千里梦 [6]，连枝同气百年心 [7]。

行期几日休相问，触拨羁愁恐不禁 [8]。

注释

1　这是一首送别诗，纬文即张纬文（名纬字纬文），太原阳曲人，他是作者的朋友。元好问曾有不少诗言及纬文，如《得纬文兄书》："鹊语喜复喜，山城谁与娱？青灯一杯酒，千里故人书。"此诗除抒写与朋友的离别之情外，还表现了对时政的不满。此诗写于癸卯（1243）秋九月。（见《年谱》）

2　"玉垒"句：用杜甫《登楼》"玉垒浮云变古今"原句。玉垒，山名，在四川省都江堰西。浮云变古今：就眼前景感慨社会变化。元好问用此感叹金为元所灭、世事变化，有如沧桑。

3　燕城：燕京，即今北京市。浮沉：与世浮沉，随波逐流，以从世俗。此句言饮酒以求忘却政治上的烦恼，以便与世人同流合污。这是愤激语。

4 眼中：即眼下，目前。承平：指太平之日。此句言眼下谁能恢复旧日的承平光景呢？

5 正始音：即正始之音。正风、正声常指为政治教化服务的文学作品。

6 异县他乡：古乐府《饮马长城窟行》："梦见在我傍，忽觉在他乡。他乡各异县，辗转不相见。"此句用其意境，写与朋友分别后的相思之情。

7 连枝同气：喻指朋友或兄弟。伪苏武李陵别诗："骨肉缘枝叶，结交亦相因。四海皆兄弟，谁为行路人？况我连枝树，与子同一身。昔为鸳与鸯，今为参与辰。"此句化用其意。百年心：一生同心。

8 触拨：触动、撩拨。羁愁：羁旅漂泊之愁。结尾两句言：不要问我此行需要多少时日，引起羁旅的愁怀恐怕是难以禁绝的。

送人之浙东 [1]

［元］

萨都剌

我还京口去 [2]，君入浙东游 [3]。

风雨孤舟夜，关河两鬓秋 [4]。

出江吴水尽 [5]，接岸楚山稠 [6]。

明日相思处，惟登北固楼 [7]。

———
注释
———

1　萨都剌（约 1272—1355）字天锡，号直斋，清代人说他是蒙古人，后经陈垣在《元西域人华化考》一书中考证，他是回族人。此诗大约作于他到镇江路总管府任京口录事司的达鲁花赤（蒙古语"头目"的意思）时期。即泰定四年（1327）至天历三年（1330）之间。他从京口（今镇江市）乘船送友人一程，即将返回京口时，写了这首诗。诗中先通过描写沿江景物以寄离情，结尾两句，写明日相思之处即在北固楼上，作者将登楼以望远行友人，把思友之情表现得颇为别致。

2　京口：即今江苏镇江市。时作者在此任职。

3　浙东：浙江东部地区。

4　关河：此处泛指一般山河。两鬓秋：两位鬓发苍白的人，指作者与友人。作此诗时作者约五十六七岁。

5　"出江"句：友人由吴至越，乘船向东南行，故曰"出江吴水尽"。吴水泛指三吴地带的江河。

6　接岸：离江登岸。楚山：京口一带曾属楚国，即古时的江东地区，楚山泛指京口附近之山。此句就自己返回京口而言。

7　北固楼：又叫北固亭。在镇江市北固山甘露寺中。辛弃疾《南乡子·登京口北固亭有怀》"何处望神州？满眼风光北固楼"，即咏此。

| 延伸阅读 |

南乡子·登京口北固亭有怀

［宋］辛弃疾

何处望神州？满眼风光北固楼。千古兴亡多少事？悠悠。不尽长江滚滚流。

年少万兜鍪，坐断东南战未休。天下英雄谁敌手？曹刘。生子当如孙仲谋。

赠僧还日本 [1]

[明]

张 羽

杖锡总随缘 [2]，乡山在日边 [3]。

遍参东土法 [4]，顿悟上乘禅 [5]。

呪水龙归钵 [6]，翻经浪避船 [7]。

本来无去住，相别莫潜然 [8]。

注释

1　张羽，字来仪，浔阳（今江西省九江市）人，明初征为太常司丞兼翰林院同掌文渊阁事，以事窜岭外，半道召还，知不免，投龙江死。此诗为送别诗，赠一位日本僧人还乡回日本，他们的友谊是中日两国人民世代友好的见证。

2　杖锡：杖作动词用，挂、持之意。锡即锡杖，又叫禅杖，是僧人所持之手杖。随缘：佛家语。外界事物之来，使身心受其感触，谓之缘，应其缘而行动，叫随缘。如水应风之缘而生波浪，佛应众生之缘而施教化。此句言僧人本是手持锡杖，到处随缘而施教化，居无定止。

3　日边：指日本，日本以近日出之处而得名。

4　参：即参禅之参。东土：指中国，因佛教是从西域传入中国，故言。此句说日僧已经学遍了中土的佛法。

5　顿悟：佛家语。佛家参禅分顿悟与渐悟，顿悟即顿然破除妄念，觉悟真理。其渐次觉悟者则谓之渐悟。上乘禅：佛家语。佛家分大乘禅与小乘禅。大乘与上乘，名异实同，自禅宗兴起，自谓超过普通大乘之上，故别立上乘禅之名。若顿悟自心本来清净，原无烦恼，无漏智，本自具足，此心即佛，任运而修者，是上乘禅。

6　呪（zhòu）：同"咒"，佛家语。佛家的秘密真言叫呪陀罗尼。中国传统的巫术也有呪语，自佛教传入中土，两者已结合在一起。龙归钵：使水中之龙归于钵盂之中。此句言对水而念呪语，水中之龙立刻归于钵盂之中。这是神化佛法的说法。

7　翻经：翻动佛家经书，指念佛。浪避船，水浪不敢接近船身。以上两句是夸张形容日僧的佛法造诣之深。因渡海东去，兼有祝愿漂海平安之意。

8　"本来"二句：是痛惜分别的宽解之语，言僧人本来就是随缘而动，无固定的居所，说不定什么时候你就会回来，因此分别时不必潸然流泪了。

送人之巴蜀 [1]

[明]

吴文泰

烟波迢递古荆州[2]，君去应为万里游[3]。

倚棹遥看湘浦月[4]，听猿初泊渚宫秋[5]。

云开巫峡千峰出，路转巴江一字流[6]。

若见东风杨柳色，便乘春水泛归舟[7]。

———

注释

———

1 吴文泰字文度，吴县（今江苏省苏州市）人，洪武年间曾
官涿州同知。此诗为送友人至四川而作。作者与友人分手处
似在荆州，友人将沿长江溯流而上去巴蜀，故诗中多写沿途
景物，结尾盼友人乘春水泛舟归来。

2 迢递：遥远。因古荆州沿江，故首句写长江烟波浩渺之景。

3 万里游：言其远。

4 倚棹：棹为摇船的工具，也代指船。倚棹即倚船。湘浦：
湘水之滨。刘长卿《感怀》："自笑不如湘浦雁，飞来即是
北归时。"此句言倚船南望湘浦月色。

5　渚宫：宫殿名，春秋楚之别宫，在荆州。白居易《中秋夜禁中独直对月诗》：渚宫东面烟波冷，浴殿西头钟漏深。

6　巴江：嘉陵江的上游一段称巴江，水流曲折如"巴"字，故称。巴字篆书字形象乙，故又可说巴江乙字流。乙通"一"。

7　"若见"二句：言东风吹得杨柳变绿之时，盼友人趁春水上涨泛舟归来。

|延伸阅读|

感　怀

［唐］刘长卿

秋风落叶正堪悲，黄菊残花欲待谁。

水近偏逢寒气早，山深常见日光迟。

愁中卜命看周易，梦里招魂读楚词。

自笑不如湘浦雁，飞来即是北归时。

题台江别意饯顾存信归番禺 [1]

[明]

高 棅

置酒台江上，怅然伤解携 [2]。

番禺天万里，矫首南云低 [3]。

停舟对君日将暮，日送南云指归路。

乡梦多随蜃母楼 [4]，家林近入扶桑树 [5]。

沧浪浩荡杳难期，此别重逢又几时？

东去台江应到海，唯因流水寄相思。

—— 注释 ——

1　高棅字彦恢，长乐（今福建省闽江口附近）人。永乐初以布衣召入翰林为待诏，升典籍，他是《唐诗品汇》的编选者。台江，指闽江。顾存信是作者的友人。番禺即今广东省广州市番禺区。这是作者为送友人去番禺在台江所写的一首送别诗。

2　解携：即分手。

3　矫首：矫同"挢"，举起，昂起。矫首即举头、抬头之意。

4　蜃母楼：即海中奇观海市蜃楼。作者家乡近海，故言"乡梦多随蜃母楼"。

5　扶桑树：传说日出扶桑，扶桑树代指东方日出之处。作者家在闽江口的长乐，故言。

| 延伸阅读 |

赋得客中送客

〔明〕高　棅

在山每送客，客行思未已。

他乡此别君，离情满天地。

长空一飞雁，落日千里至。

故园未同归，寄君两行泪。

夏口夜泊别友人 ¹

［明］

李梦阳

黄鹤楼前日欲低²，汉阳城树乱乌啼³。

孤舟夜泊东游客⁴，恨杀长江不向西。

———

注释

———

1 李梦阳（1473—1530），字天锡，又字献吉，号空同子，
庆阳（今属甘肃）人，他是主张"文必秦汉，诗必盛唐"的
"前七子"之一。此诗写于夏口（在今湖北武汉市黄鹄山上，
三国吴时所建古城）。作者在这里与友人分手。诗人将乘船
沿长江东下，因为不忍与友人分手，故想长江水倒流向西，
以便重与友人见面。

2 黄鹤楼：在今湖北省武汉市武昌区黄鹤矶上。

3 "汉阳"句：写汉阳城中日暮之时树上的乌鸦胡乱啼叫。

4 东游客：作者自指。

送岳季方还京 [1]

[明]

郭　登

登高楼，望明月，明月秋来几圆缺 [2]。

多情只照绮罗筵，莫照天涯远行客 [3]。

天涯行客离乡久，见月思乡搔白首 [4]。

年年长自送行人，折尽边城路傍柳 [5]。

东望秦川一雁飞 [6]，可怜同住不同归 [7]。

身留塞北空弹铗 [8]，梦绕江南未拂衣 [9]。

君归复喜登台阁，风裁棱棱尚如昨 [10]。

但令四海歌升平，我在甘州贫亦乐 [11]。

甘州城西黑水流 [12]，甘州城北黄云愁 [13]。

玉关人老貂裘敝 [14]，苦忆平生马少游 [15]。

注释

1　郭登，字元登，景泰初官都督金事，守大同，以功封定襄伯。因受"英庙复辟"事件的牵连，谪戍甘肃，此诗即写于此时。岳季方是作者的友人。此诗为歌行体，语言朴素自然，沈德潜《明诗别裁》评此诗说："通体缠绵有情，不迂不促。"

2　圆缺：诗词中常以月的圆缺象喻人的悲欢离合。

3　多情：指多情的月亮。绮罗筵：喻指权贵之家的欢乐生活。

4　搔白首：代指愁苦生活。杜甫《春望》"白首搔更短，浑欲不胜簪"，搔首代表忧思。

5　折柳：古代有折柳送别的习俗。

6　"东望"句：写友人岳季方归京，以归雁喻友人。

7　"可怜"句：言自己不能与友人一同归京。

8　弹铗：弹，击。铗，剑把。《战国策·齐策四》载：冯谖客孟尝君，受到冷遇，"弹其铗歌曰：'长铗归来乎，食无鱼！'……居有顷，复弹其铗，歌曰：'长铗归来乎，出无车！'……居有顷，复弹其剑铗，歌曰：'长铗归来乎，无以为家！'"后用弹铗表示生活穷困，欲求助于人。

9　拂衣：犹振衣，表示兴奋。此句写虽思念故乡而梦绕江南但未能振衣而起，得以还乡。

10　登台阁：指做官。风裁棱棱：风度、气派威严。

11　甘州：明代的甘州分左、右、中、前、后五卫，治所在今甘肃省张掖市。

12　黑水：即张掖河，源于鸡山，北流入居延海，正在甘州附近。

13　黄云愁：边塞上空，飞沙弥漫，黄云惨淡，令人望而生愁。

14　"玉关"句：是作者的自我写照。玉关即玉门关，此代甘州。"人老貂裘敝"写自己老于边塞而且落泊。

15　马少游：东汉伏波将军马援的堂弟。据《后汉书》卷二十四《马援传》载：马援功成封侯以牛酒慰劳军士时，曾说："吾从弟少游常哀吾慷慨多大志，曰：'士生一世，但取衣食裁足，乘下泽车，御款段马，为郡掾史，守坟墓，乡里称善人，斯可矣。致求盈余，但自苦耳。'当吾在浪泊、西里间，虏未灭之时，下潦上雾，毒气重蒸，仰视飞鸢跕跕堕水中，卧念少游平生时语，何可得也！"作者用此典说明功名富贵不可过求以自讨苦吃，这是因谪戍甘州而产生的消极情绪。

|延伸阅读|

春　望

[唐]杜　甫

国破山河在，城春草木深。

感时花溅泪，恨别鸟惊心。

烽火连三月，家书抵万金。

白头搔更短，浑欲不胜簪。

对　客[1]

归子慕

默然对客坐，竟坐无一语。

亦欲通殷勤[2]，寻思了无取。

好言不关情[3]，谅非君所与[4]。

坦怀两相忘[5]，何害我与汝。

———
注释
———

1　归子慕，字季思，昆山（今江苏省昆山市）人，万历辛卯
（1591）举人，崇祯时追赠翰林待诏。此诗写与老朋友相见时，
相对无言，默然而坐。因为不关情的寒暄，彼此都不愿说，
彼此肝胆相照，一腔真挚的情谊，尽在不言之中，他们似乎
在对望之中，默默地交流着感情。此种表现方式颇为别致，
在友谊诗中另辟一境。

2　通殷勤：向对方表示友好或问候。《史记·司马相如列传》：
"相如乃使人重赐文君侍者，通殷勤。"

3　"好言"句：指不关痛痒、不动真情的客气话。

4　谅：料想。与：赞许。此句言我料想这并不是您所赞成的。

5　坦怀：指心怀坦荡，彼此肝胆相照。两相忘：两人都忘记了说话，达到忘言的境界。

| 延伸阅读 |

丙申六月过吴子往荻秋庵

[明] 归子慕

萧瑟湖上庐，六月如清秋。

凉雨过柴门，葡萄风飕飕。

草阁摇绿杨，欲随云水流。

水滨一稚子，洋洋何所求。

终日无一鱼，持竿钓不休。

问之向我笑，使我心忘忧。

八月朔日王元直招集南楼送陈汝翱之东粤王玉[1]

[明]

曹学佺

西风萧瑟动离颜[2]，一树衰杨不剩攀[3]。

秋老几人犹白社[4]，月明无主自青山[5]。

征途南北高楼外[6]，客泪纵横杯酒间[7]。

此别纷纷难聚首，天涯那许梦魂闲[8]？

———
注释
———

1　曹学佺，字能始，侯官（今福建省福州市）人，万历乙未（1595）进士，历官参议广西。此诗写八位友人宴集南楼，分手之后，彼此天各一方。念及别后难以聚首，不觉杯酒之间泪流纵横。写别后相思，用"天涯那许梦魂闲"一句写足，表现出离别之后的魂牵梦绕。

2　离颜：离别时的愁眉苦脸。

3　衰杨：即衰柳。不剩攀：不堪攀折。古代有折柳送别的习俗。此句写离别之时的不胜伤情。

4 秋老：秋之将尽。比喻人之将老。白社：地名，在洛阳东。《晋书·董京传》载：董京初与陇西计吏俱至洛阳，被发而行，逍遥吟咏，常宿白社中。孙楚时为著作郎，数就社中与之语，劝他做官。他作诗以明志，终于遁世而存真。此句言我们已经老了，但还有几位朋友犹能遁世而存真，不愿出来做官。

5 "月明"句：言无心欣赏美景。明月虽好，但无人欣赏，青山虽美，但青山自是青山，有谁去欣赏它们呢？

6 征途南北：指各人各奔前程。高楼：指诗题中的南楼。此句写分别在即，不久将天各一方。

7 "客泪"句：写席间诸友因分手而流泪。

8 "天涯"句：言分手之后彼此魂牵梦绕，连梦魂也无闲着的时候。此句极言彼此思念之切。

送王文学丽正归新安[1]

［清］

顾炎武

两年相遇都门道[2]，只有王生是故人[3]。

原庙松楸频眺望[4]，夹城花萼屡经巡[5]。

悲歌绝塞将归客[6]，学剑空山未老身[7]。

赍得一杯燕市酒[8]，倾来和泪湿车轮[9]。

注释

1　此诗写于顺治十七年（1660）春作者再次入都（北京）之时。王文学丽正，文学是对读书人的称呼，王丽正是安徽新安（今安徽省歙县）人。据作者自注：王丽正旧在金侍郎声幕府。据《明史·金声传》载：金声，字正希，休宁人。福王时曾任左佥都御史。南京失陷后曾组织群众在绩溪、黄山一带抗清。失败后被执遇难。这首赠别诗，先叙二人的友谊，他们的交情是建立在反清复明的共同理想之上的。在送别场面的描写中，彼此借酒浇愁，和泪而饮，生动地写出了他们惜别时的激愤、痛苦和无奈交织在一起的内心世界。感情真挚动人。

2 两年：作者自顺治十五年首次入都，至十七年春再次入都，经历了两年的时间。都门：指北京。

3 王生：即王丽正。诗人称他为王生，可见他比作者年轻，此时作者已四十七岁，王丽正大约三十多岁。

4 原庙：祖庙，此指在北京的明十三陵。松楸：指代陵上的树木。频眺望：多次瞻仰，多次谒陵。谒陵是怀有故国之思的行动。

5 "夹城"句：用杜甫《秋兴》八首（其六）"花萼夹城通御气，芙蓉小苑入边愁"的典故。夹城：两边筑有高墙的通道，犹今所谓"夹道"。花萼：唐代兴庆宫的楼名。唐玄宗曾从花萼楼修筑夹城通曲江芙蓉园，以便去游赏。（见《旧唐书·玄宗纪》）此句借历史典故说明自己和王丽正曾游帝京。

6 绝塞：极远的边塞。将归客：将要归去的游客，指王丽正。

7 学剑：《史记·项羽本纪》："（项籍）学书不成，去学剑，又不成。项梁怒之。籍曰：'书，足以记姓名而已；剑，一人敌，不足学；学万人敌！'"后代常用学剑指一个人的雄心抱负。此句说王丽正年轻时学剑空山之中，如今人尚未老，正可报效祖国。

8 贳（shì）：赊欠。燕市：指北京。

9 "倾来"句：言倾倒杯中酒和泪而饮，眼泪沾湿了车轮。

宁人东来赋此寄[1]

[清]

归　庄

同乡同学又同心，却少前贤唱和吟[2]。

他日贡王今管鲍[3]，不须文字见交深[4]。

———

注释

———

1　归庄（1613—1673），一名祚明，字玄恭，江苏省昆山人，是明代著名散文家归有光的曾孙，十七岁时就和同乡同学顾炎武一起参加了复社。诗题中的宁人，即顾炎武。顾曾致函归庄，说元稹、白居易和皮日休、陆龟蒙的文集中，他们唱和赠答诗甚多。顾与归的交情，不减古人，唱和诗却极少，顾感到这是个遗憾，归庄于是写了这首诗。诗中表明他们的友谊是深厚的，但不须文字来表现。此诗在友谊诗中可谓别具一格。

2　前贤：指元白皮陆等人。唱和吟：指朋友之间的唱和赠答之诗。

3　贡王：贡即贡禹，王即王吉。《汉书·王吉传》载："王吉字子阳，与贡禹友，时称'王阳在位，贡公弹冠'，言其取舍同也。"师古注："弹冠者，且入仕也。"管鲍：即管仲与鲍叔。此句言作者与顾的关系昔日已像贡王一样同取舍，今日正像管鲍一样成为最知己的朋友。

4 "不须"句：言不须唱和赠答也可看出我们交情的深厚。

| 延伸阅读 |

观田家收获

［清］归　庄

稻香秫熟暮秋天，

阡陌纵横万亩连。

五载输粮女真国，

天全我志独无田。

遇旧友 [1]

[清]

吴伟业

已过才追问，相看是故人 [2]。

乱离何处见？消息苦难真 [3]。

拭眼惊魂定 [4]，衔杯笑语频 [5]。

移家就吾住 [6]，白首两遗民 [7]。

注释

1　吴伟业（1609—1672），字骏公，号梅村，江苏太仓人，崇祯四年（1631）进士，历任翰林院编修、东宫讲读官、南京国子监司业、左中允、左庶子等职。明亡后曾隐居十年。此诗约写于隐居期间。诗描写了一对在兵荒马乱之中失去联系的老朋友，于战后偶然相见，惊喜交集，在惊魂甫定之后，衔杯而饮，笑语频频。作者邀请友人与自己一起隐居，白首相约，做明朝的遗民，足见他们的友谊是与民族思想紧密地联系在一起的。

2　"已过"二句：言故人走过去了才赶去追问，相看之后方认出老朋友来。两句描写逼真，来自真实的生活经历，惟妙惟肖地描写了恍若梦寐的情态。

3　"乱离"二句：言战乱年代相见无门，虽有故人的消息又苦于难以确信。

4　拭眼：此指擦眼泪。此句用杜甫《羌村三首》："妻孥怪我在，惊定还拭泪。世乱遭飘荡，生还偶然遂"的意境。写两人相见，激动得泪流满面，惊魂甫定之后，才想起拭眼泪。

5　衔杯：口含酒杯，指饮酒。频：频繁，多。

6　"移家"句：作者邀请友人将家搬来和自己住在一起。

7　遗民：指改朝换代后不愿在新朝做官的人。

| 延伸阅读 |

下相极东庵读同年北使时诗卷

［清］吴伟业

兰若停骖洒墨成，过河持节事分明。

上林飞雁无还表，头白山僧话子卿。

王太丹死不能葬，吴次岩、汪次朗赠金发丧，感泣赋此[1]

[清]

吴嘉纪

朝寻斋外飞野鹜[2]，人迹不到如穷谷[3]。
中有老友王太丹，经年卧对萧萧竹[4]。
故乡故人吴宾贤，往往恸哭来斋前。
客问哭何为？哭我老友不能归[5]。妻子
就食去，老友将与他乡狐兔蒿艾相因
依。哭声远传赤岸乡[6]，吴子次岩中夜
独起心傍徨。不重黄金重白骨，一缄
百里忽寄将[7]。汪子次朗同心侣[8]，车
过朝寻腹酸楚，可怜西风雨雪天，袖
底余钱尽皆与。吁嗟乎次岩，从未一
识王太丹。太丹平生友，且为云为雨[9]；况
身没已久，安能戚戚恋恋遥相关[10]？

吁嗟乎次朗，心悲朋友死为客，曹叟昔丧淮南陌¹¹，赖子赠金钱，旅榇归窀穸¹²。至今山中未死者，称子义侠犹籍籍¹³。吁嗟乎宾贤！不能葬友徒愀然¹⁴，若非二子¹⁵，交何由全¹⁶？始信兄弟多在四海间。吁嗟乎太丹，今就旧山。高低野草白，左右溪流寒，诗魄月下来，长夜方漫漫。

注释

1　吴嘉纪（1618—1684），字宾贤，号野人，江苏泰州东淘人。二十七岁时明亡，他目睹了清兵南下，沿海居民惨遭屠杀的情景，从此绝意仕进，过着极端贫困的生活。此诗有感于吴次岩、汪次朗为其友人王太丹赠金发丧而作。王太丹，字衷丹，号太丹，系明大儒王心斋五世支孙，幼孤贫，崇祯时诸生，甲申国变，曾献策福王，力图中兴。南明亡后，绝意仕进，与同里吴嘉纪、沈聘开等结社淘上，互相唱和，善书法，以卖字度日，年四十七而卒。病危时，以砚托友人吴嘉纪换钱

治身后事，砚未售而身先亡。家贫不能葬，友人吴次岩、汪次朗赠金葬之。著有《朝寻集》。此诗即记此事，作者歌颂了吴、汪二人为友人助葬的义举，同时也可看出作者为亡友营葬的号哭奔走之状，可见他们生前友谊的深厚。吴次岩生平不详。汪次朗，即汪民俊，字次朗，新安（今安徽省歙县）人，以贩盐为业。

2　朝寻斋：王太丹的堂号。斋外有野鸟飞翔，表示居处荒凉和主人不与权贵交往。

3　穷谷：幽谷。深川穷谷是人迹罕至之处。

4　"经年"句：写王太丹死后不能安葬的萧条景象。

5　归：此指归葬。

6　赤岸乡：据《嘉庆东台县志》："李家堡，在县东南百三十四里，又名赤岸。"

7　一缄：指一封银子。忽寄将：忽然寄来。

8　同心侣：知心朋友。

9　为云为雨：此处的云雨喻势力之盛，即俗所说"翻手为云，覆手为雨"之意。指王太丹朋友中的显达者。

10　遥相关：从远处表示关心。此两句指平生友中的显达者，不复关心王太丹的身死后事。

11　曹叟：即曹僧白，东台李家堡人，明遗老，能诗善文，遗稿散佚，顺治十一年（1654）死。

12　旅榇：寄放在外的棺材。窀穸（zhūn xī）：墓穴。

13　籍籍：此指声名甚盛。

14　徒愀然：空发愁。

15　二子：指吴次岩和汪次朗。

16　交何由全：即何以全交。全交即保全友谊，语出

《礼记·曲礼上》："君子不尽人之欢，不竭人之忠，以全交也。"

秣陵怀古

［清］纳兰性德

山色江声共寂寥，十三棱树晚萧萧。

中原事业如江左，芒草何须怨六朝。

五月晦日，夜梦渔洋先生枉过，不知尔时已捐宾客数日矣（选一首）¹

［清］

蒲松龄

昨宵犹自梦渔洋，谁料乘云入帝乡²。

海岳含愁云惨淡，星河无色月凄凉³。

儒林道丧典型尽，大雅风衰文献亡⁴。

薤露一声关塞黑⁵，斗南名士俱沾裳⁶。

注释

1　康熙五十年（1711）五月，蒲松龄听说一代文宗王渔洋（1634—1711）去世，极为哀痛，写了四首哀悼诗，此为其一。蒲松龄是清初文学家，淄川（今山东省淄博市淄川区）人，以写《聊斋志异》著名于世。王渔洋本名王士禛，字贻上，号阮亭，别号渔洋山人，山东新城（今桓台）人，与蒲松龄

是邻县同乡，彼此相与交好，然两人一生所处的境遇却不同。王渔洋官运亨通，蒲松龄却屡困场屋，科举失意，始终不过是个穷塾师。但王渔洋却很尊重蒲松龄的道德学问，并曾为之评点《聊斋志异》。蒲松龄也很赞赏王渔洋的诗文造诣，二人订为文字交。此诗表现出二人平生深厚的情谊。"损宾客"指去世。

2　乘云入帝乡：指去世。古人谓死为"仙去"，或称"升天"，"入帝乡"即升天。

3　"海岳"二句：形容王渔洋的去世，使海内人士深感悲痛，以至于海岳含愁，风云为之变色。"海"指大海，"岳"指山。"星河"指天上的银河。

4　"儒林"二句：言一代文宗、诗坛盟主去世后造成的巨大损失，使儒道衰亡，斯文丧尽。典型：同"典刑"，本作旧法、常规。此用引申义，作模范、典范解。大雅：本指《诗经》中的组成部分，有大、小雅之分，雅即正的意思，后世常用大雅代表正声。"大雅风衰"即雅正之风衰落。文献：代指古代典籍，"文献亡"意指渔洋死后古代文献会因无人整理而丧亡、散佚。

5　薤露：古代挽歌名，即送葬之歌。崔豹《古今注·音乐》："《薤露》《蒿里》，并丧歌也，出田横门人。横自杀，门人伤之，为之悲歌，言人命如薤上之露，易晞灭也。亦谓人死魂魄归于蒿里，故有二章。……至孝武时，李延年乃分为二曲，《薤露》送王公贵人，《蒿里》送士大夫庶人，使挽柩者歌之，世呼为挽歌。"关塞黑：喻指死者之魂被招来。此用杜甫《梦李白》"魂来枫林青，魂返关塞黑"的诗意。

6　斗南：北斗星之南，实指四海之内。

送苏友 [1]

[清]

成 德

人生何如不相识，君老江南我燕北。

何如相逢不相合，更无别泪横胸臆 [2]。

留君不住我辛苦，横门骊歌泪如雨 [3]。

君行四月草萋萋，柳花桃花半委泥 [4]。

江流浩淼江月堕 [5]，此时君亦应思我。

我今落拓何所止，一事无成已如此。

平生纵有英雄血，无由一溅荆江水 [6]。

荆江日落阵云低，横戈跃马今何时 [7]？

忽忆去年风雨夜，与君展卷论王霸 [8]。

君今偃仰九龙间 [9]，吾欲从兹事耕稼 [10]。

芙蓉湖上芙蓉花 [11]，秋风未落如朝霞 [12]。

君如载酒须尽醉，醉来不复忧天涯 [13]。

1　成德（1654—1685），即纳兰性德，他初名成德，字容若。
他的家庭和清朝皇室关系既密切又复杂，既是姻眷，又是世仇。
他是叶赫部的后代，远祖是蒙古族人，叶赫部归降努尔哈赤
后划归满洲的正黄旗。他不喜功名，具有仗义疏财、扶危济
困的精神。他结纳的好友，大多是有才但又际遇坎坷的文人，
苏友即其中之一。苏友即严绳孙，他比性德大三十二岁，二
人交情深厚，可谓忘年交。此诗即表现了他们之间的深情厚谊。
沈德潜评此诗说："酣嬉淋漓，一起警绝，深情人转作无情
语也。"（《清诗别裁》）

2　"人生"四句：用反振手法表现相思之苦。言我们不如根
本不相识，或相逢不投机，这样可以免去彼此的分离之苦。

3　横门：长安城北西侧的第一门，此指代京城北京。骊歌：
又作离歌。据《大戴礼》载：古时客人与主人离别时，唱古
逸诗《骊驹》，向主人告别，后世因称离别之歌为骊歌。

4　委泥：委弃于泥土之中。

5　浩淼：同浩渺，广大无边的样子。堕：坠落，此指低悬。

6　荆江：长江从湖北枝江至湖南岳阳的一段，别称荆江。

7　"荆江"二句：大约此时荆江有战事，苏友此去与此有关，
故有此句。

8　王霸：战国时儒家称以仁义治天下为王道，以武力结诸侯
为霸道，论王霸即论治国平天下之策。

9　偃仰：犹俯仰，随俗应付。九龙：以九龙为名的地名、山
名、水名、池名甚多，不知确指。

10　事耕稼：从事农业劳动，指弃官归隐。

11　芙蓉湖：又名无锡湖，在无锡附近。

12　朝霞：形容芙蓉花像朝霞一样鲜艳。

13　忧天涯：以远在天涯为忧，兼有对远方朋友的思念在内。

| 延伸阅读 |

哭赵成德

[宋] 吴锡畴

鹤怅东岩夜，声悲不可闻。

有图留水月，无句管烟云。

身后空传稿，生前事作坟。

忍思携手日，溅泪漫纷纷。

己亥杂诗（选二首）

[近代]

龚自珍

其一 [1]

不是逢人苦誉君 [2]，亦狂亦侠亦温文 [3]。

照人胆似秦时月 [4]，送我情如岭上云 [5]。

其二 [6]

事事相同古所难 [7]，如鹣如鲽在长安 [8]。

自今两戒河山外 [9]，各逮而孙盟不寒 [10]。

———
注释
———

1 《己亥杂诗》是近代著名诗人龚自珍（1792—1841）在道光十九年己亥（1839）年所写的大型组诗，共有七绝三百一十五首。诗人不为统治者所重用，并屡遭顽固派的排挤和诋毁，他怀着抑郁和愤激的心情，离开了居住二十余年的京师，辞官南归。当时有多人为龚自珍送行，诗人写了不少留别诗，描写他与众友的友谊，此首即为其中之一。诗下

原注："别黄蓉石比部玉阶。蓉石，番禺人。"可见这首诗是写给友人黄蓉石的，诗中歌颂了黄蓉石的人品和对自己的一片深情厚谊。

2 苦誉：过分称赞，虚美。君：指黄蓉石。

3 "亦狂"句：概括友人的性格和人品。言黄蓉玉既狂放，又任侠而又温文尔雅。

4 "照人"句：言黄蓉石光明磊落、肝胆照人，如秦时明月一样。"秦时月"语出王昌龄《出塞》"秦时明月汉时关"，此处借用"秦时月"称黄蓉石肝胆照人，由来已久，是本性如此，非一时矫情。

5 "送我"句：此句言黄公送我之情如山上之云兴，氤氲缭绕，无穷无尽，深厚无边。

6 这首诗写作时间与背景和其一相同。诗下原注云："光州吴虹生葆晋，与予戊寅同年，己丑同年，同出清苑王公门，殿上试同不及格，同官内阁，同改外，同日还原官。"光州即今河南省潢川县。戊寅即嘉庆二十三年，这年龚自珍应浙江乡试，中式第四名举人，吴虹生亦在此年与龚为同榜举人，故称"同年"。己丑即道光九年，这年诗人考中进士（会试中式第九十五名），吴又与诗人同榜。房考为清苑王晓舲中丞植，故说"同出清苑王公门"。二人殿试均不及格，以后的仕历，或在京居官，或外放，或被招还京复原官，其经历完全相同，二人又是交谊最深厚的朋友。己亥年四月二十三日，龚离京南行。当龚走出京城门外七里时，吴虹生立于桥上，等候龚自珍，设茶洒泪而别，此诗即为此而发。

7 事事相同：指诗人与吴虹生两次同榜，官同列等事。

8 如鹣如鲽：象比翼鸟和比目鱼一样形影不离。鹣（jiān）：

比翼鸟。鲽（dié）：比目鱼。《尔雅·释地》："东方有比目鱼焉，不比不行，其名谓之鲽。南方有比翼鸟焉，不比不飞，其名谓之鹣鹣。"在长安：此处的长安喻指京师北京。

9 两戒："戒"，此作界限、分界、通界。两戒是唐代僧人一行的说法，认为我们的山河，其地理特点有两戒：北戒相当于今青海、陕北、山西、河北、辽宁一线；南戒相当于四川、陕南、河南、湖北、湖南、江西、福建一线。《新唐书·天文志》："一行以为天下山河之象，存乎两戒。"此句借用"两戒"之说，言两人从今日起就要分手了，彼此将处在地理环境不同的南北两地。

10 各逮而孙：即各自到了孙子辈。盟不寒：盟：结盟，指友好关系。不寒：不变冷，喻友谊终久不渝。此句言让我们的友谊世世代代传下去。犹俗话说的"一辈子同学三辈子亲，三辈子同学比海还深"。

狱中题壁 [1]

[近代]

谭嗣同

望门投止思张俭 [2]，忍死须臾待杜根 [3]。

我自横刀向天笑 [4]，去留肝胆两昆仑 [5]。

注释

1　谭嗣同（1865—1898），字复生，号壮飞，湖南浏阳人，他是资产阶级改良主义运动中的激进派，戊戌政变殉难的"六君子"之一。这首诗写于一八九八年戊戌政变前夕，因系狱中所写，故题为《狱中题壁》。此诗抒发了作者以身许国、慷慨赴难的崇高献身精神，表现了作者与维新派的志士同人彼此肝胆相照的真挚情谊。作者自己虽身陷囹圄，自认不免一死，但他牵挂着康有为等被迫流亡的同志，希望人们会像古人接纳张俭那样接待和掩护康有为等人，故也可视为一首感人至深的友谊诗。梁启超《饮冰室诗话》说："谭浏阳狱中绝笔诗，各报多登之，日本人至谱为乐歌，海宇传诵。"其传诵之广和影响之大，在近代诗歌中恐怕没有一首诗可以和它相比。

2　"望门投止"句：以东汉张俭的事迹来比喻作者所怀念的康有为。"望门投止"即看到人家去投宿，此用张俭的典故。张俭字元节，东汉高平人，曾为东郡督邮，因弹劾残害百姓的权阉侯览，侯览诬陷他结党营私、罪大恶极，逼得他四处逃亡。人们尊敬他的名声品行，所至之处主人都冒着风险接待他。事见《后汉书·张俭传》。

3　"忍死"句：用东汉人杜根的典故。杜根由举孝廉而官至郎中，当时邓太后临朝摄政，外戚弄权，他上书要求太后归政皇帝，太后大怒，让人把他装在口袋里，在殿上把他摔死。行刑人因慕杜根之名，不肯加力摔之，欲载出后待其复苏。太后不放心，令人检视。他装死三日，以至目中生蛆，逃生后隐身酒店为庸保。邓氏被诛后，复官为御史。事见《后汉书·杜根传》。作者使用此典，当是用杜根比喻和他同时被捕的难友，希望他们之中有人能够忍辱负重，侥幸不死，以图东山再起。一说："忍死须臾"指作者自己。"待杜根"即等待友人大刀王五救自己出狱。此解于用典不太切合。

4　"我自"句：言至于我个人，则面对屠刀而仰天大笑。"横刀"，即横对屠刀。

5　"去留"句：此句理解分歧较多，关键是"两昆仑"是指何人。梁启超《饮冰室诗话》说："所谓'两昆仑'者，其一指南海（即康有为，引者），其一乃侠客大刀王五，浏阳作《吴铁樵传》中所称王正谊者是也。"蔡尚思、方行编《谭嗣同全集》（三联书店版）认为"两昆仑"系指两仆胡理臣、罗升，将昆仑理解为昆仑奴的省语。北大中文系选注《近代诗选》（人民文学出版社版）认为："两昆仑，似指康有为与作者自己，即所谓一'去'一'留'。政变前夕，康有为潜逃出京，政变时，作者拒绝出奔，准备牺牲，并曾在劝梁启超出走时说："不有行者，无以图将来；不有死者，无以酬圣主。'昆仑，喻两人的巍峨高大。这句说：去者留者都是顶天立地、光明磊落的。"

|延伸阅读|

江　行

[近代] 谭嗣同

野犬吠丛薄，深林知有村。

岸荒群动寂，月缺暝烟昏。

渔火随星出，云帆夹浪奔。

橹声惊断梦，摇曳起江根。

清明怀友¹

[近代]

秋　瑾

节届清明有所思²，东风容易踏青时³。

看完桃李春俱艳，吟到荼蘼兴未辞⁴。

诗酒襟怀憎我独⁵，牢骚情绪似君痴⁶。

年年乏伴徒呼负⁷，几度临风忆季芝⁸。

———
注释
———

1　这首诗是作者在清明节为怀念自己的婚前好友吴季芝而作。吴季芝（女），广东人，《秋瑾集》中，数有诗词赠她。作者性格豪爽，厌恶孤独、无聊的生活。清明节她踏青归来，写了这首诗，以寄托她对好友的怀念。

2　节届清明：到了清明节。届：到的意思。

3　东风：一般指春风。踏青：春天在郊外游览。旧俗以清明节为踏青日。

4　"吟到"句：言写诗写到荼蘼花开的时节诗兴未减。荼蘼（tú mí）：蔷薇科花名，初夏开花。辞：去。

5 诗酒襟怀：比喻豪爽善感的胸怀。秋瑾善作诗，好饮酒，豪爽任侠，诗酒襟怀是她对自己性格的概括。杜甫《饮中八仙歌》："李白斗酒诗百篇，长安市上酒家眠。天子呼来不上船，自称臣是酒中仙。"当是"诗酒襟怀"的来源。憎我独：恨我孤独。

6 牢骚情绪：指忧国伤时的感慨和对腐败时政的不满情绪。似君痴：像您一样痴情。

7 乏伴：无伴侣，孤独。徒：空。呼负：表示惭愧，"负"是"负负"的省文。《后汉书·张步传》载：张步与汉光武刘秀的部将耿弇作战而遭到失败，他向苏茂呼救，苏茂带万余人救他，见到张步，对他大加指责，认为他不该攻强敌耿弇的营地，不该不等援兵而独自行动。张步自感惭愧，遂说："负负无可言者。"李贤注："负，愧也；再言之者，愧之甚。"此句言与季芝有约不能实现，长年孤独，深感惭愧。

8 "几度"句：言多次触景生情怀念起吴季芝来。

病起谢徐寄尘小淑姊妹 [1]

[近代]

秋　瑾

朋友天涯胜兄弟 [2]，多君姊妹更深情 [3]。

知音契洽心先慰 [4]，身世飘零感又生 [5]。

劝药每劳亲执盏 [6]，加餐常代我调羹 [7]。

病中忘却身为客 [8]，相对芝兰味自清 [9]。

———

注释

———

1　这首诗作于一九〇六年，时秋瑾在湖州南浔镇浔溪女校任教员。徐寄尘（1873—1935）即徐自华，工诗词，重友谊，当时为浔溪女校校长，在经济上与生活上对秋瑾帮助较多。秋瑾殉国后，她曾冒险为秋瑾营葬，又与陈去病等在杭州西子湖畔发起"秋社"，被推为社长。小淑即徐自华之妹徐蕴华，字小淑，号双韵，为秋瑾的学生，徐氏姊妹均为秋瑾的莫逆之交。此诗写于秋瑾病后，在病中她受到徐氏姊妹无微不至的关心和爱护，诗中歌颂了她们之间的革命情谊，同时也对徐氏姊妹对自己的深情表示衷心的感谢。

2 "朋友"句：言漂泊天涯的人有知心朋友在一起胜过亲兄弟。

3 多：赞美词。

4 契洽：情投意合。此句言与知心朋友欢洽相处，心灵已受到安慰。

5 "身世"句：言因只身飘零在外，不免又生感慨。

6 亲执盏：亲自端着药碗。盏：浅而小的杯子。

7 调羹：调制羹汤，代指调制饮食菜肴。

8 "病中"句：言因受徐氏姊妹侍汤奉药，关怀备至，使自己病中忘记在外做客，犹如在自己家中一样。

9 芝兰：香草名，喻指徐氏姊妹。此句言与徐氏姊妹相处，心里感到清新愉快。

|延伸阅读|

对 酒

［近代］秋 瑾

不惜千金买宝刀，貂裘换酒也堪豪。

一腔热血勤珍重，洒去犹能化碧涛。

临行留别寄尘小淑（选一首）[1]

[近代]

秋　瑾

惺惺相惜二心知[2]，得一知音死不辞。

欲为同胞添臂助，只言良友莫言师[3]。

注释

1　此诗写于一九〇七年，诗一共五首，此为第四首，是写给她的学生徐小淑的。是年作者去徐氏姊妹的故乡石门筹集军饷，临行之前，写此诗与小淑作别，表现了秋瑾与小淑师生之间的革命友谊。

2　惺惺：指聪慧的人。俗语说"惺惺惜惺惺"，即"惺惺相惜"之意。二心：此秋瑾与小淑。

3　"欲为"二句：言作者培养小淑，意欲为全国同胞增加一位革命者，为革命助一臂之力，我们是志同道合的朋友，称我老师就不敢当了。

哭鉴湖女侠（选一首）¹

[近代]

徐自华

慷慨雄谈意气高²，拼流热血为同胞。

忽遭谗谤无天日³，竟作牺牲斩市曹⁴。

羞煞衣冠成败类⁵，请看巾帼有英豪。

冤魂岂肯甘心灭，飞入钱塘化怒涛⁶。

注释

1　徐自华（1873—1935），字寄尘，号忏慧，浙江石门（今桐乡市）人，南社著名的女诗人。她一九〇六年始与秋瑾相识，为秋瑾的好朋友。一九〇七年夏秋瑾殉难后，她不顾个人安危，为秋瑾烈士营葬。为纪念秋瑾和继承烈士遗志，发起组织了"秋社"。《哭鉴湖女侠》写于一九〇七年秋瑾遇难后，一共十二首，此选其一。诗中感情真挚沉痛，悲叹淋漓，表现出徐、秋二人的深厚情谊。

2　"慷慨"句：言秋瑾性格豪爽善辩、气度高尚。徐自华《鉴湖女侠秋君墓表》云："（瑾）生平忼爽明快，意气自雄；……

丰貌英伟，娴于辞令；高谈雄辩，惊其座人。"

3 "忽遭"句："谗谤"指清朝统治者加在秋瑾身上的种种罪名。"无天日"喻指清末政治的黑暗腐败。

4 斩市曹：一九○七年夏历六月六日秋瑾被杀害于绍兴古轩亭口。"市曹"，商肆集中之地。

5 "羞煞"句：此句为痛斥叛徒蒋继云和告密者胡道南等人，斥骂他们是衣冠禽兽、民族败类。

6 "飞入"句：用伍子胥的故事，说明秋瑾的牺牲将唤起民众，掀起汹涌澎湃的革命怒潮，必将埋葬清朝统治者。据《钱唐志·伍子胥》载："伍子胥累谏吴王，赐属镂剑而死。临终，戒其子曰：'悬吾首于南门，以观越兵来。以鸱皮裹吾尸，投于江中，吾当朝暮乘潮，以观吴之败。'自是自海门山，潮头汹高数百尺，越钱塘渔浦，方渐低小。朝暮再来，其声震怒，雷奔电走百余里。时有见子胥乘素车白马在潮头之中，因立庙以祠焉。"（见《太平广记》卷二百九十一《伍子胥》）